Uwe Goeritz

Eine Nixe

zum

Abendessen

Bibliografische Information der Deutschen Nationalbibliothek:

Die Deutsche Nationalbibliothek verzeichnet diese Publikation in der Deutschen Nationalbibliografie; detaillierte bibliografische Daten sind im Internet über http://dnb.dnb.de abrufbar.

Coverbild: Bilder von Kordula Vahle und Jerzy Górecki auf Pixabay

Covergestaltung: Uwe Goeritz

Herstellung und Verlag: BoD – Books on Demand, Norderstedt

ISBN: 978-3-7557-1044-8

Inhaltsverzeichnis

Anmerkungen und Warnungen

Diese Erzählung sollte Jugendlichen nicht zugänglich gemacht werden.

Ausnahmslos alle Beteiligten dieser Geschichte sind erwachsen und über 21 Jahre alt.

Sämtliche Orte, Figuren, Firmen und Ereignisse dieser Erzählung sind frei erfunden. Jede Ähnlichkeit mit echten Personen, ob lebend oder tot, ist rein zufällig und vom Autor nicht beabsichtigt.

1. Kapitel

Am Abend mancher Tage

*L*angsam senkte sich die Dämmerung über den weitläufigen Golfplatz herab und läutete damit das Ende eines schönen Sommertages ein. Die letzten Spieler schlenderten gemächlich dem Clubhaus entgegen, in welchem sich auch ein feines Restaurant mit einer sehr gut bestückten Bar befand.

Richard streifte sich die Kochjacke ab, blickte sich noch einmal in seiner Küche um und ging danach zu dieser Bar hinüber. Er war vor ein paar Tagen vierzig Jahre alt geworden und der Chef dieses Restaurants mit gehobenem Anspruch.

Mit der Öffnung der Bar war in der Küche nicht mehr viel los, denn wenn es danach noch Speisen geben sollte, dann waren es meist nur Kleinigkeiten und die konnten seine Angestellten auch ohne ihn zubereiten. Jetzt war es wichtiger, dass er Kontakte mit seinen gutbetuchten Gästen knüpfte.

Neugierig ließ er seinen Blick über die Anwesenden schweifen, dann schaute er in den Spiegel hinter der Bar und strich sich langsam über sein kurzes schwarzes Haar.

Dafür, dass er eigentlich schon Jahre nicht mehr im Fitnessstudio gewesen war und perma-

8

nent hinter dem Kochtopf stand, fühlte er sich immer noch gut in Form.

Er lächelte der Barfrau zu und drehte sich wieder zu seinen Gästen zurück. Richard trat an den ersten Tisch und begann ein unverfängliches Gespräch über das Wetter und den Golfplatz. Vermutlich ähnlich wie sein Freund und Miteigentümer Felix, der gerade ein paar Tische entfernt mit einer jungen Blondine redete.

Felix war zehn Jahre jünger als er und ein Frauenheld, aber die Damen liebten ihn und seine flapsigen Sprüche.

Möglicherweise kamen viele der Gäste auch nur seinetwegen hierher.

Felix war keinem amourösen Abenteuer abhold, aber der Freund war sich dennoch ständig seiner Verantwortung für das gemeinsame Geschäft bewusst.

Kurz blickte Felix auf und zu ihm herüber.

Sie nickten sich beide zu.

Es war ein schöner Sommerabend mitten im Juni und eigentlich viel zu schade, um ihn einfach so in diesen Räumen zu verbringen, aber seit Jahren tat er nun mal nicht anderes mehr.

Der Freund löste sich aus seinem Gespräch und kam zu ihm herübergeschlendert.

Zusammen gingen sie die drei Schritte bis zur Bar.

„Mach doch mal Feierabend!", begann Felix und setzte nach einem Moment hinzu: „Wann bist du das letzte Mal ausgegangen?"

Richard grübelte nach. Das musste mehr als fünf Jahre her sein. Bevor der Krebs ihm Eva, die geliebte Frau und Mutter seiner Tochter Naomi, von der Seite gerissen hatte.

Gerade fühlte er sich schuldig, dass er die Tochter so vernachlässigte.

„Ich sollte Naomi mal wieder eine Geschichte vorlesen!", sagte er daher schnell.

„Das auch, aber mach mal was für dich. Gehe aus und triff mal wieder eine Frau. Trauer hin oder her, aber Evas Tod liegt doch jetzt schon so lange zurück!", entgegnete Felix.

Der Freund beugte sie näher zu ihm und erzählte: „Die Frau da hinten an dem Tisch sieht die ganze Zeit schon ziemlich interessiert in deine Richtung. Sie dreht sich mit den Fingern die Haare ein und das ist ein ziemlich eindeutiges Zeichen dafür, dass du bei ihr Chancen hättest!"

Richard hob seinen Blick und sah in die Augen der relativ jungen Blondine. Vermutlich war sie noch nicht lange achtzehn und das erste Mal ohne den Papa auf dem Golfplatz gewesen.

„So nötig habe ich es momentan auch wieder nicht", antwortete Richard.

„Doch! Das hast du! Vertraue mir!", gab ihm Felix lächelnd zurück.

Der Freund blickte über die Schulter zu ihr und bemerkte leise: „So, wie sie dich ansieht, sucht sie gerade ein Date!"

„Aber sicher nicht mit mir! Ich könnte ihr Vater sein!", erklärte Richard und nahm sich ein Glas Gin von der Bar.

„Dann eben eine andere. Du weißt doch noch, wie es geht. Oder?", fragte Felix und drehte seinen Kopf zu ihm zurück.

„Du musst die Zeichen richtig deuten!", erklärte der Freund leise weiter.

„Da bist du sicher Experte. Oder?", entgegnete Richard, leicht genervt.

Felix nickte lächelnd.

„Also, wenn sie beim ersten Date deine Hand nimmt, dann greift die Drei-Date-Regel. Erstes Date: Händchen halten. Zweites Date: Küssen. Drittes Date: Sex! Und wenn sie dir beim ersten Date an die Hose geht, dann ist das automatisch das dritte Date!", belehrte ihn der Freund.

Die Blondine erhob sich von ihrem Platz, lächelte in seine Richtung und ging schlendernd in den Gang zu den Toiletten.

„Deine Blondine will jetzt gleich zwei Dates mit dir überspringen", bemerkte Richard.

„Oder mit dir?", entgegnete Felix.

„Nein, Danke. Die passt nicht in mein Beuteschema! Ich gehe mir lieber mal draußen die Beine vertreten!"

Felix nickte lächelnd und folgte der Frau.

Abermals blickte sich Richard in dem Raum um und dachte dabei an die Worte seines Freundes. Sollte er einfach mal wieder einen Abend nur für sich haben? Wahrscheinlich war das gar keine so schlechte Idee.

Richard stellte den nicht angerührten Gin zurück und holte sich seine Jacke.

Anschließend nickte er der Barfrau zu und trat auf den Parkplatz hinaus.

Wohin sollte er? Doch nach Hause? Oder irgendwohin ausgehen?

Grübelnd stand er an seinem Auto. Zumindest das würde er erst einmal nach Hause bringen, dann würde er weitersehen.

In die Dämmerung hinein fuhr er den schon so oft gefahrenen Weg. Dabei flogen seine Gedanken immer wieder davon. Wochen- oder jahrelang war es immer dasselbe Spiel gewesen: Arbeiten von früh bis spät, um dann schlafen zu können und nicht über das Elend nachzudenken.

Aber an diesem Abend war er noch nicht müde.

Kurz darauf stand Richard vor seinem Haus und blickte hinauf, wo am Fenster des Kinderzimmers immer noch der flackernde Lichtschein des Fernsehens zu beobachten war.

Simone, seine Schwester, passte momentan auf Naomi auf.

Sollte er sie dabei ablösen?

Richard entschloss sich, noch einen Spaziergang zu machen.

Schlendernd und grübelnd folgte er dem Weg über die Wiese, hinüber zum Naturschutzgebiet.

Dabei hing er erneut seinen Erinnerungen nach, denn so oft war er mit Frau und Kind dort spazieren gewesen.

Irgendwo vor ihm in der Dunkelheit befand sich ein großer und idyllisch gelegener Teich in dem Waldstück.

Man brauchte mehr als eine halbe Stunde, um das Gewässer zu umrunden und an seinem Ufer standen einige Bänke zum Ausruhen.

Zumindest konnte man das am Tage.

In der Dunkelheit dienten sie oft eher einem anderen Zweck. Naomi war auf einer davon gezeugt worden.

Lächelnd näherte er sich dieser versteckt zwischen zwei großen Büschen Schilf gelegenen Holzbank, als er erstarrte.

Vor ihm saß eine Frau alleine und der Gestalt nach konnte es Eva sein. War es ein Geist?

„Eva?", brach es aus ihm heraus.

Die Frau fuhr erschrocken zu ihm herum. Im blassen Mondlicht sah er ihr Gesicht. Erschrockene große Augen blickten ihn an und zogen ihn sofort in ihren Bann.

„Nein! Ich heiße Ariana!", erwiderte die Frau und diese Stimme fesselte ihn nur noch mehr.

Wie unter einem Zwang trat er näher.

„Kann ich mich zu dir setzen?", fragte Richard, als wäre es das normalste der Welt, sich mitten in der Nacht zu einer wildfremden Frau zu setzen.

„Bitte schön. Die Bank ist groß genug!", entgegnete Ariana und rutschte ein Stück für ihn zur Seite.

Erst nachdem sich Richard gesetzt hatte, bemerkte er, dass sich etwa dreißig Schritte hinter ihm ein Pärchen gerade ziemlich lautstark liebte.

Bis gerade eben war er so in Gedanken gewesen, dass ihm das laute Stöhnen nicht aufgefallen war und jetzt saß er neben dieser sehr schönen Frau auf der Bank, auf der er auch Eva so nahe gewesen war.

Schweigend blickte er auf den Teich hinaus. Wie fing man ein Gespräch an, während die Frau hinter ihm gerade laut stöhnend zum Orgasmus kam? Jetzt nur nicht zur Seite sehen!

Am liebsten wäre er jetzt fortgerannt, aber Felix hatte genau den Punkt getroffen: Er hatte sich viel zu lange hinter seiner Trauer versteckt.

Wie lange war der letzte Sex her? Fünfeinhalb Jahre und gerade brachte das Geräusch hinter ihm seine Hose zum Spannen.

Er konnte sich nicht mehr erheben, ohne Ariana zu zeigen, wie nötig er es im Moment hatte.

Richard schlug die Beine übereinander und lehnte sich zurück. Hoffentlich waren die beiden da hinter ihm bald fertig!

14

2. Kapitel

Sommernächte am Waldteich

Wie so viele laue Sommernächte zuvor saß Ariana auf einer der Bänke, lauschte dem Wind im Schilf und dem Froschkonzert. Friedlich war es hier an diesem Teich, der zur Hälfte im Wald lag und zu einem Teil an eine große Wiese grenzte.

Der Nachtwind kräuselte die Wasseroberfläche und ließ das silberne Mondlicht darauf immer wieder in tausende funkelnde Sterne zerbrechen.

Herrlich war es.

Sie genoss diesen Anblick und die Ruhe, bis hinter ihr zwei Menschen ziemlich lautstark ihre Lust herausließen.

Doch auch das gehörte hier einfach im Sommer mit hinzu und Ariana störte sich schon lange nicht mehr daran.

Menschen eben!

Sie lehnte sich zurück, schlug die Beine übereinander und versuchte die Geräusche hinter sich zu verdrängen.

Ariana war mehr als sechshundert Jahre alt und eine Nixe.

Die Nacht war ihre Zeit. Die Sonne konnte sie verbrennen oder ihre Haut austrocknen lassen, was ebenfalls zu ihrem Verderben führen würde.

Mit der Hand strich sie über den Saum des Kleides, welches sie vor einiger Zeit auf einer Wiese gefunden hatte, und das genau die richtige Größe für sie hatte. Ohne dieses Kleidungsstück hätte sie sich wohl kaum einfach so hierher gesetzt.

Abermals drang das Stöhnen der beiden Liebenden zu ihr. Obwohl sie den Menschen immer wieder ziemlich nahe kam, hielt sie sich dennoch fortwährend von ihnen zurück.

Viel zu viel Gewalt hatten die Menschen sich schon gegenseitig angetan und ihre Freundin Lunara hatte sie vor ihnen gewarnt.

Gerade zog es Arianas Blick nach oben zur halben Mondscheibe. Lunara war die Göttin des Mondes und aller Gewässer und dennoch eine gute Freundin für die junge Nixe.

Aus ihren Gedanken riss sie eine laute Stimme heraus und ließ sie herumfahren.

Direkt hinter ihr stand ein großer Mann und blickte sie an. Kurz kam der Gedanke an eine Flucht, aber er würde sie sicherlich aufhalten.

„Eva?", fragte er.

„Nein! Ich heiße Ariana!", antwortete sie.

Er trat näher und fragte: „Kann ich mich zu dir setzen?"

Eilig erwog Ariana wiederum ihre Fluchtmöglichkeiten. Der Teich befand sich fünf Schritte vor ihr. Zu weit für einen beherzten Sprung.

16

Sie nahm all ihren Mut zusammen und entgegnete ihm: „Bitte schön. Die Bank ist groß genug!"

Ariana rutschte für ihn an den Rand der Sitzfläche.

Er setzte sich und genau in diesem Moment wurden die beiden Liebenden noch lauter.

Sollte sie jetzt einfach gehen? Nervös drehte Ariana eine ihrer langen braunen Haarsträhnen um ihren Zeigefinger in kleine Locken.

Den Mann neben ihr schien das Gestöhne jedenfalls nicht zu stören, gelassen lehnte er sich zurück, schlug die Beine übereinander und sah zum Himmel hinauf.

Sorgfältig musterte sie ihn von der Seite. Er war einen halben Kopf größer, als sie und schien ziemlich muskulös zu sein, soweit ihr das dünne Hemd mit den kurzen Ärmeln da nicht etwas vormachte. Oft hatte sie bereits Menschen beim Baden beobachtet, aber noch nie aus so kurzer Entfernung. Und der Mond beleuchtete auch noch seine Oberarme.

„Wie ist denn dein Name?", fragte sie neugierig.

„Richard! Entschuldige, dass ich mich noch nicht vorgestellt habe!", sagte er, blickte sie an und hielt ihr die Hand hin.

Verwirrt schaute sie auf seine Hand und drehte weiter nervös an der Haarsträhne. Was wollte er von ihr?

Sie hob den Kopf, blickte ihm in die Augen und war gefangen. Der Mond spiegelte sich darin.

Ariana ließ die Locken los und einen Augenblick später zog Richard die Hand zurück.

Die beiden Liebenden kamen nach vorn gelaufen und sprangen neben ihnen mit einem lauten Jauchzer in das kühle Wasser des Teiches, das wie eine Fontäne nach oben spritzte und sie dabei mit einigen Tropfen traf.

„Möchtest du auch baden? Das Wasser ist herrlich", erklärte Ariana daraufhin.

Der Mann nickte.

Ariana erhob sich, streifte sich schnell das Kleid über den Kopf und trat nackt zum Ufer. Dort wandte sie sich zurück und wartete auf ihn.

In der Unterhose kam er zu ihr und sprang mit ihr zusammen in den Weiher.

Sie folgten nicht den anderen beiden, sondern schwammen langsam zur Mitte.

Schweigend glitten sie nebeneinander her.

Er hielt einen Abstand zu ihr und das gefiel ihr.

„Das Wasser ist wirklich angenehm und tut so gut!", bemerkte Richard in der Mitte.

„Ja! Es gibt im Sommer nichts Besseres!", bestätigte Ariana.

Langsam schwammen sie wieder zurück und saßen wenig später erneut auf der Bank.

Die beiden anderen Menschen stiegen gerade ebenfalls aus dem Teich und rannten lachend zur Wiese hinüber.

Damit waren sie beide alleine am Teich.

Ariana hatte das Kleid wieder angezogen und auch Richard hatte seine Sachen an.

Seine Nähe war angenehm und sie begann von den Tieren des Teiches zu erzählen.

Richard berichtete von den Waldtieren und auch dieses Gespräch gefiel ihr ausgesprochen gut. Richard war schlau und konnte wundervolle Geschichten erzählen.

Arianas Angst vor ihm war fort und auch ihre Nervosität war fern.

Schallend lachte sie über eine seiner lustigen Schilderungen von einem unvorsichtigen Kater, der in den Sahnetopf gefallen war.

Irgendwann kam dann der Moment, an dem Richard gehen wollte.

Ariana erhob sich von der Bank und er ergriff ihre Hand. Dieser Händedruck war kräftig, fühlte sich aber gut an.

„Schade, dass du schon gehen willst, aber ich bin morgen Abend wieder hier!", sagte Ariana zum Abschied.

„Ich werde wieder hierherkommen! Versprochen!", erwiderte Richard und schlang seine Arme um sie.

Für einen Augenblick hielt Ariana die Luft an. Was wollte er jetzt von ihr?

Doch dann löste er sich und ging davon.

Das war wohl so eine Art von Verabschiedung gewesen. Lange blickte Ariana ihm noch hinterher. Selbst dann noch, als er schon nicht mehr zu sehen war.

Von diesem Mann hatte sie nichts zu befürchten. Er war lustig! Oder hatte Lunara recht mit ihrer Behauptung?

Aber hier am Teich konnte sie ihm ja jederzeit ohne Probleme entkommen.

Momentan sehnte sie sich bereits den nächsten Abend herbei.

Langsam schlenderte sie zu dem hohlen Baum hinüber, zog sich das Kleid aus und versteckte es in der Höhle in dessen Stamm.

Nackt dort im Mondschein stehend blickte sie in die Richtung, in die Richard entschwunden war. Sie fühlte so ein seltsames und tiefes Sehnen in ihrer Brust. So etwas in dieser Art hatte sie in all den Jahrhunderten noch nie zuvor gespürt.

Gemächlich setzte sie ihre Füße in das weiche Gras. Schritt für Schritt ging sie zur Bank, strich über deren Lehne und trat dann zum Ufer.

Ariana warf noch einen letzten sehnsüchtigen Blick über die Schulter, dann stieg sie in die Fluten, tauchte zu ihrer Höhle hinab und rollte sich auf dem weichen Lager aus Moos zusammen.

Sie träumte vom nächsten Abend und vom Kater im Sahnetopf.

3. Kapitel

Mit der Hilfe eines Freundes

$\mathcal{F}$röhlich pfeifend betrat Richard das Restaurant und war der letzte in der Küche. Das war wohl das erste Mal seit mehr als fünf Jahren, dass er nicht der erste auf der Arbeit war und für alle Anwesenden so ungewöhnlich, dass Felix fragend die Augenbraue hochzog.

„Netten Abend gehabt?", fragte der Freund, nachdem er zu ihm getreten war.

„Ja! Nett, sehr nett sogar", entgegnete Richard.

„Schön, dass es wieder aufwärts geht! Erzähle", forderte ihn der Freund auf.

Richard zeigte mit dem Kopf auf die Tür zum Gastraum und Felix folgte ihm.

Drinnen war der Service gerade mit dem eindecken der Tische beschäftigt und so zogen sie weiter zur Raucherinsel vor dem Haus. Dort begann Richard von Ariana zu erzählen.

„Heute Abend treffe ich sie wieder. Vielleicht bin ich jetzt bereit, nach vorn zu blicken!", erklärte Richard zum Ende seines Berichtes.

„Das hoffe ich für dich, mein Freund!", entgegnete Felix und legte ihm freundschaftlich die Hand auf die Schulter.

Felix ging nach drinnen, um die Arbeiten zu beaufsichtigen und Richard blieb noch ein paar Augenblicke vor dem Gebäude stehen.

Den Blick in die Ferne gerichtet, dachte er über die letzten Jahre nach.

Einst hatte er zusammen mit seiner Frau und Felix dieses Restaurant eröffnet. Mit Evas Tod hatte er sich zunehmend in dieser Arbeit vergraben und dabei die Tochter sträflich vernachlässigt.

Hätte er seine Schwester Simone nicht gehabt, es hätte wohl schlecht um die Tochter ausgesehen, aber sein eigener Kummer hatte ihn so blockiert, dass da für das Kind kein Platz mehr gewesen war.

Und seit dem vergangenen Abend war der Kummer offenbar fort.

Ariana hatte ihn einfach weggelacht und falls es mit ihr nicht klappen sollte, so wusste Richard doch jetzt, dass er über den Verlust der Frau hinweg gekommen war.

Abermals stellte er sich diese abstruse Situation vor: Sie beide, zusammen in der Nacht auf der Bank, während hinter ihnen eine Frau schreiend zum Orgasmus gekommen war.

Schon alleine sein Auftauchen aus der Finsternis hätte wohl jede andere Frau sofort in die Flucht geschlagen, Ariana war einfach geblieben.

Das Baden war angenehm gewesen und auch die Unterhaltung.

Es war einfach gut, mal nicht mit jemanden reden zu müssen, der seine Probleme kannte und daher vorsichtig war.

Ariana war völlig unbekümmert gewesen.

Jetzt würde das zweite Date folgen und nach der Logik des Freundes hieß das wohl: Küssen!

War er dazu schon bereit? Er wusste es nicht, aber wenn es denn so kommen sollte, dann würde er sich einfach darauf einlassen. Was hatte er schon zu verlieren?

Eventuell würden sie auch nur die netten Gespräche fortführen und eine Runde schwimmen können.

Möglicherweise konnte er auch Felix fragen, ob der den Laden auch alleine am Laufen halten konnte und dadurch würde er mehr Zeit mit Ariana haben können.

Diese Idee zog ihn in die Küche zurück.

Er streifte sich die Jacke über und suchte den Freund in dem unübersichtlichen Raum.

Nach einer Weile erschien Felix in der Tür zum Gastraum und trat auf ihn zu.

„Könntest du das heute Abend mal alleine schaffen?", fragte Richard.

„Na klar. Viel Spaß mit deiner Bademaus. Und sollte es trotz der Drei-Date-Regel schon heute zum Nahkampf kommen", entgegnete Felix und drückte ihm eine Packung Kondome in die Hand. „Du weißt doch noch, wie es geht. Oder?", erkundigte er sich verschmitzt lächelnd.

„Ich denke schon", gab Richard ihm zurück und steckte sich die Schachtel ein.

Jetzt musste nur noch die Zeit bis dahin vergehen. Hatte er bisher immer gearbeitet, um den Kummer zu verdrängen, so tat er das jetzt, damit die Wartezeit nicht zu lange wurde.

Um sich von den unnützen Gedanken abzulenken, stürzte sich Richard regelrecht auf und in seine Tätigkeit.

Das Mittagsgeschäft war eine der beiden Säulen seines Restaurants und eigentlich die einzige, die ihn als Koch betraf. Der Abend war mehr dem Wein und den kleinen Snacks vorbehalten.

Erneut dachte er zurück, wie er dieses Restaurant damals übernommen hatte.

Zehn Jahre war das inzwischen schon her und es war ein heruntergekommener Dorfgasthof gewesen. Bei der Wiedereröffnung hatte wohl noch keiner gedacht, dass nebenan mal ein Golfplatz gebaut werden würde und dementsprechend war das erste Jahr umsatzmäßig etwas mau gewesen.

Fast jeden Abend hatte er mit Eva im Bett gelegen und gegrübelt, ob sich das überhaupt lohnen würde.

Dann war Eva schwanger geworden und mit der Geburt von Naomi war das Glück in sein Leben getreten.

Sowohl privat als auch beruflich.

Aber mit dem beruflichen Erfolg hatte er für die Tochter eigentlich kaum noch Zeit gehabt und Eva war bei dem Kind zu Hause geblieben.

Jeden Abend war er völlig erschöpft in sein Bett gefallen und von seiner Ehe hatte er auch nicht mehr wirklich etwas gehabt.

Als Naomi dann endlich etwas größer gewesen war und Eva wieder mit im Restaurant gearbeitet hatte, da war es wirklich schön gewesen.

Er in der Küche, die Frau an der Bar und Felix, der sich um die Gäste und den Service kümmerte.

Sie waren ein eingeschworenes Team gewesen und es waren erfolgreiche Jahre geworden, dann wurde Eva abermals schwanger und fast gleichzeitig wurde der Krebs festgestellt.

Nach der Diagnose waren es schwierige und nächtelange Diskussionen geworden, denn die Ärzte hatten gesagt: Eva oder das Kind.

Aber seine Frau wollte sich nicht gegen das Kind entscheiden und so hatte er am Ende beide verloren.

Nur Naomi war ihm geblieben.

Und Simone, die ihm geholfen hatte.

Ohne die Schwester hätte er Naomi sicherlich an das Jugendamt verloren. Selbstlos hatte sich Simone für ihn geopfert. Und was war heute?

Seit dem Abend zuvor war er offensichtlich über den Berg hinweg!

Teller um Teller ging über den Tresen, dann ebbte das Geschäft ab.

Damit waren Kuchen und Kaffee angesagt und nur noch gelegentlich wurde eine warme Mahlzeit abgerufen.

Einige der Küchenhilfen machten Feierabend und auch Richard hängte die weiße Jacke an den Nagel.

Jetzt ging er hinüber in den Gastraum, um dort nach dem Rechten zu sehen, aber Felix hatte alles fest im Griff.

Ein paar Gespräche mit Gästen später trat der Freund auf ihn zu, wünschte ihm viel Erfolg und schob ihn schließlich aus dem Raum.

Es war später Nachmittag und erneut ein richtig schöner Sommertag im Juni.

Sogleich zog ihn das Treffen mit Ariana nach Hause und eventuell blieben noch ein oder zwei Stunden für ihn mit der Tochter.

Sonst waren es eher Minuten gewesen. Früh, wenn Naomi in die Schule musste, schlief er meist noch und am Abend träumte sie bereits, wenn das Restaurant gegen Mitternacht schloss.

Gelegentlich feierten Gäste auch bis in den Morgen hinein.

Das Autoradio spielte Evas Lieblingslied und abermals dachte er an seine Frau zurück. Und gleichzeitig an Ariana, die er am Abend zuvor mit ihr verwechselt hatte.

Das Lied schmerzte nicht mehr. Bis zum Tage zuvor hatte er da immer abschalten müssen, jetzt pfiff er einfach den Schlager mit.

4. Kapitel

Ein Froschkönig für Ariana?

*G*eschwind umrundete Ariana den Teich. Sie liebte diese lauen Abende des Sommers. Die Sonne war gerade untergegangen und es war noch einigermaßen hell.

Im Frühjahr und Herbst war das die Zeit, zu der sie im Nebel tanzen konnte, doch jetzt war es für die Nebelschwaden einfach zu warm.

Die Warnungen der Mondgöttin waren ihr immer noch im Kopf, aber da war momentan auch so eine Art von Sehnen nach dem Mann in ihr. Daher hoffte sie, dass Richard wieder zu ihr kommen würde und sie dabei nicht von Lunara beobachtet wurde.

Doch die Göttin sah eigentlich alles und daher war der zweite Teil ihrer Hoffnung illusorisch.

Ging Ariana damit ein zu großes Wagnis ein?

Jahrhundertelang hatte sie sich von den Menschen fern gehalten und gerade sehnte sie sich danach, wieder neben dem Mann auf der Bank zu sitzen.

Und wie groß war das Risiko mit Lunara?

Was konnte die Freundin und Göttin machen? Würde es eine Strafe geben? Vermutlich nicht, denn Lunara hatte es nicht verboten, sondern nur davor gewarnt.

Und würde der Mann überhaupt wiederkommen? Der Platz lag versteckt und somit konnte Ariana erst unmittelbar vor der Bank sehen, ob er wirklich da war.

Und wenn nicht, dann würde sie ihm auch noch die Zeit geben müssen, sie zu finden, denn sie wusste ja nicht, ob er schon mit der Abenddämmerung erscheinen würde oder erst sehr viel später.

Erneut jagten sich die Nervosität mit der Aufregung und Wissensdurst mit Angst. Aber sie hatte ja jederzeit, wie am Abend zuvor, die Möglichkeit zur Flucht.

Der Teich war nur einen großen Sprung entfernt und im Wasser war sie in ihrem Element. Da konnte Richard sie wohl kaum einholen. Kein Mensch konnte so schnell schwimmen, wie sie.

Ariana bog um das kleine Gebüsch aus Schilfgras und der Mann saß auf der Bank.

Beinahe wäre sie ihm vor Freude in seine Arme geflogen, konnte sich aber gerade noch zurückhalten.

Wie am Abend zuvor gab er ihr die Hand und sie setzte sich neben ihn.

„Schön, dass du gekommen bist", sagte sie und er gab ihr fast dieselben Worte zurück.

Für einen Augenblick warteten beide, wer mit dem Gespräch beginnen sollte und im selben Moment begann eine Gruppe von Fröschen ihren Abendgruß über den Teich zu rufen.

Das war allerdings so laut, dass sie beide sich nicht hätten unterhalten können. Daher begannen sie einfach zu lachen und das wiederum verunsicherte die Quakfrösche. Sie verstummten und Richard begann eine alte Geschichte von einer Kröte, einer Prinzessin und einer goldenen Kugel zu erzählen.

Als er zu Ende erzählt hatte, kniete sich Ariana an das Schilf und schnappte sich einen der Wasserfrösche.

„Ob das wohl auch ein Froschkönig ist?", fragte sie den Mann und hielt ihm den grünen zappelnden Quäker hin.

„Küsse ihn und du weißt es!", entgegnete der Mann schmunzelnd.

„Im Schilf sitzen noch drei Dutzend davon. Wie viele von ihnen muss ich denn küssen, bevor ich es weiß?", antwortete sie.

„Alle, oder nur mich", konterte der Mann und lächelte sie an.

Ariana setzte den Frosch zurück ins Gras und beugte sich zu dem Mann vor.

Völlig unerwartet, oder eben auch nicht, zog der Mann sie zu sich und sie bekam den ersten Kuss ihres Lebens.

Richard hielt seine Hand hinter ihren Hals, wodurch sie nicht zurückkonnte.

Für einen Augenblick war diese Empfindung etwas komisch, bevor sie sich darauf einließ.

Das Gefühl, seine Lippen auf den ihren zu haben, war einfach nur wunderschön. Das wog jede Strafe der Mondgöttin tausendfach auf.

Ariana ließ sich auf die Bank fallen und drängte sich an den Mann heran. Der Kuss wurde immer länger, während rund um sie herum die Dunkelheit herabsank.

Jetzt begrüßten die Frösche den aufgehenden Mond und damit konnte Lunara alles sehen, aber Ariana wollte ihre Lippen nicht mehr vom Mund des Mannes lösen.

„Das war so herrlich", seufzte sie, als er sich dann doch von ihr zurückzog.

„Ja! Das stimmt, wunderschön", bestätigte auch Richard ihr.

Jetzt suchte sie seinen Mund und schloss die Augen, um es noch mehr zu genießen.

Sie mussten ewig so gesessen haben und ihre Lippen hatten sich abwechselnd gefunden.

Schließlich fragte sie: „Wollen wir wieder eine Runde schwimmen?"

Obwohl Richard am Abend zuvor länger gezögert hatte, als sie, war er an diesem sogar noch eher ausgezogen, als Ariana.

Völlig nackt wartete er am Schilf auf sie, gab ihr die Hand und stieg langsam mit ihr ins Wasser hinein.

Abermals glitten sie lautlos dahin.

Die Frösche waren verstummt und auch andere Menschen waren an diesem Abend nicht am
Waldteich.

Es war solch eine friedliche Stille, dass sie
sich sogar beim Baden leise unterhalten konnten.

Nebeneinander schwammen sie einmal quer
über den ganzen Teich, bis sie danach wieder an
der Bank aus dem Wasser kletterten.

Richard zog sie dabei an sich heran und sie
genoss die Wärme seines nackten Körpers an
dem ihrigen.

Schön war es und der darauf folgende Kuss
war ebenfalls einfach nur göttlich.

Nachdem sie sich voneinander gelöst und
wieder angezogen hatten, sagte Richard: „Morgen
Abend bin ich wieder hier. Kommst du dann auch
hierher?"

„Selbstverständlich!", entgegnete Ariana.

Richard verabschiedete sich mit einer Umarmung und mit einem Kuss.

Neuerdings blickte sie ihm lange nach, wie er
in der Dunkelheit der Nacht verschwand.

Schließlich strich sie sich mit den Fingerspitzen über ihre Lippen. Das Gefühl war immer
noch in ihr und es war einfach nur schön. Sollte
sie sich dafür die Erlaubnis der Göttin einholen?

Aber was geschah, wenn Lunara ihr diese
verweigerte? Das wollte sie lieber nicht riskieren.

Ariana warf einen vorsichtigen Blick zum Mond hinauf. Erwartete sie jetzt schon Lunaras Ankunft?

Versonnen blickte sie danach wieder in die Richtung, in die er verschwunden war. Warum war er so schnell aufgebrochen? Sie hätte lieber noch viel länger das Gefühl seiner Lippen auf ihrem Mund genossen.

Schlendernd ging und tanzte sie zu ihrem hohlen Baum hinüber und deponierte das Kleid in ihrem Versteck.

Ein letzter sehnsuchtsvoller Blick, dann ging sie zur Bank, sprang vom Ufer aus in den Teich und tauchte wieder zu ihrer Höhle hinab.

Eingerollt in ihrer Behausung träumte sie sich in Richards Arme zurück und er war ihr Froschkönig.

Was würde der nächste Abend bringen?

Noch mehr Küsse hoffentlich, solange Lunara nichts davon mitbekam und sie stoppen würde.

Aber würde die Mondgöttin so etwas machen?

Lunara kannte die Menschen nur zu gut, aber kannte sie auch Richard?

Ariana hatte nur zwei Nächte in seiner Nähe verbracht, aber sie hatte bereits Vertrauen zu ihm. Würde er diese Zuversicht enttäuschen?

Sie wollte noch so vieles von ihm wissen und vor allem noch viele Küsse bekommen.

Alleine beim Traum daran kribbelte es so wundervoll in ihrem Bauch.

5. Kapitel

Eine sichere Bank

*D*ie Küsse mit Ariana waren schön gewesen. Völlig unbekümmert hatte sie nackt vor ihm gestanden und gerade schlenderte Richard durch die Nacht zurück zu seinem Haus. Wenn es diese komische Regel mit dem dritten Date nicht gegeben hätte, er hätte Ariana auch bereits an diesem Abend auf die Bank niederdrücken können.

Aber er wollte sich diese Gelegenheit nicht durch eine zu vorschnelle Reaktion seinerseits verderben. Daher kam auch sein schneller Aufbruch, bevor er das nicht mehr verhindern konnte.

Und die Vorfreude darauf, was kommen würde, die war einfach viel zu schön.

Bereits am Abend zuvor war sie nackt neben ihm hergeschwommen, aber in der nur durch den Mond erhellten Nacht hatte er ihren Körper nur undeutlich sehen können. Doch das, was er gesehen und gespürt hatte, das war vielversprechend.

Jetzt freute er sich auf das Wiedersehen und schlenderte zurück, denn Richard hatte es nicht eilig. Wie fast jeden Abend seit Jahren kümmerte sich seine Schwester um Naomi.

Selbst ohne den Ausflug zum Teich wäre er erst weit nach dem Beginn der Schlafenszeit der Tochter in seinem Haus gewesen.

Er wusste nicht, was er all die Jahre ohne Simone hätte machen sollen. Jetzt grübelte er, ob vielleicht mit Ariana eine neue Frau in sein Leben trat und er damit der Schwester etwas mehr Freiraum und eigenes Leben zugestehen konnte.

War diese Idee nach nur zwei Abenden schon zu verwegen?

Nach fünf Jahren des Wartens eher nicht, aber war Ariana die Richtige? Was wusste er eigentlich von ihr? Den Vornamen und dass sie anscheinend oft in der Nacht am Teich war.

Reichte das aus, um Zukunftspläne zu machen? Oder war sie einfach nur ein Weckruf an ihn, dass die Zeit für einen Neuanfang reif war?

Er steckte die Hände in die Hosentaschen und erwischte dabei die Packung Kondome, die ihm der Freund gegeben hatte. Kurz hielt Richard inne, wandte sich zurück und blickte in die Finsternis.

Sollte er zurückgehen?

Er zog die Schachtel aus der Tasche und drehte sie in den Fingern.

„Du weißt doch noch, wie es geht. Oder?", hatte ihn der Freund gefragt. Das vergaß man wohl kaum, aber in seinem Leben hatte er diese Gummidinger nicht so oft gebraucht.

Hätte er sie nur damals benutzt, bevor Eva zum zweiten Mal schwanger geworden war, dann wäre seine Frau vielleicht jetzt noch am Leben. Oder waren das einfach nur müßige Gedanken?

Jahrelang hatte er sich die Schuld am Tode der geliebten Frau gegeben und was war jetzt? Niemand hatte die Schuld!

Richard schob die Schachtel zurück.

Diese Drei-Date-Regel war der reinste Blödsinn!

Ariana war ihm nackt so nah gewesen, dass da ohne Probleme etwas hätte laufen können. Jetzt war sie allerdings sicherlich nicht mehr dort.

Spazierend setzte Richard seinen Weg fort.

Es war nach zwei Uhr in der Früh, als er die Wohnung wieder betrat. Früher waren sie oft um diese Zeit noch unterwegs gewesen. Einst, mehr als fünf Jahre zurück. Auch damals hatte Simone gelegentlich auf Naomi aufgepasst.

Richard schlich ohne Schuhe die Treppe hinauf, betrat leise das Kinderzimmer und sah, wie sich Tochter und Schwester im Schlafe aneinander gekuschelt hatten.

Simone hatte eines von Naomis Lieblingsbüchern noch in der Hand und Richard zog es ihr vorsichtig fort. Und obwohl es eine warme Nacht war, deckte er die beiden sorgsam zu.

Schweigend sah er in ihre Gesichter und erkannte Evas Züge im Antlitz der Tochter. Die Frau würde für immer bei ihm sein. In seinem

Herzen und auch durch die Tochter, aber es wurde Zeit für Simone, damit diese nicht ihr ganzes Leben für ihn opferte.

Genauso leise, wie er gekommen war, schlich er wieder nach unten, ging unter die Dusche und danach in sein Bett.

Doch der Schlaf kam nicht. Zu viele Erinnerungen waren da in seinen Gedanken. Das Märchen, das er Ariana erzählt hatte, war wieder in seinem Kopf. Der Kuss in dieser Erzählung hatte den Frosch in einen Prinzen verwandelt. Arianas Kuss am vergangenen Abend hatte den Kummer in ihm besiegt.

Richard war für sie bereit! Lächelnd schlief er ein und im folgenden Traum war er ihr wieder nah.

Aus einer ziemlich kurzen Nacht weckte die Schwester ihn wieder auf, als diese das Zimmer betrat und ihn an der Schulter berührte. Das war so ihr tägliches Ritual zur Schichtübergabe.

Simone würde zu ihrer Wohnung und danach auf ihre Arbeit fahren und er musste sich damit wieder um Naomi kümmern.

Der Tag nahm seinen gewohnten Lauf, dem er schon seit so vielen Jahren folgte.

Konnte durch Ariana daran etwas geändert werden?

Eigentlich war das schon geschehen, denn bei der Arbeit des Morgens waren seine Gedanken ständig bei der Frau vom Teich.

Selbst Naomi bemerkte dies und fragte ihn, warum er ihr Kaffee in die Tasse gefüllt hatte, statt des gewohnten Kakao.

Allerdings konnte er die Tochter vorerst noch nicht in seine Überlegungen einbeziehen. Zu vage waren die Planungen, als dass er Naomi damit verwirren sollte.

Zumal er auch nicht wissen konnte, ob es wirklich Ariana sein würde, die hier einen Platz in seiner Wohnung bekam.

In seinem Herzen hatte sie freilich schon einen errungen, wie er jetzt gerade erneut feststellte. Den würde sie auch weiterhin haben, als die Frau, die die Trauer von ihm genommen hatte.

Nachdem Naomi auf dem Weg zur Schule war, setzte sich Richard an den Frühstückstisch und schaute zum Fenster hinaus.

Irgendwo in dieser Richtung befand sich der kleine Teich. Sollte er zum Tagesbeginn dort noch eine Runde schwimmen gehen?

Es waren noch mindestens zwei Stunden, bevor er wieder in seinem Restaurant sein musste.

Die Aussicht darauf, eventuell Ariana dort zu treffen, zog ihn aus dem Stuhl.

Joggen und schwimmen, das wäre doch eine gute Idee! Wann hatte er das letzte Mal Sport gemacht? Egal.

Er zog sich um und lief los.

Natürlich war niemand auf der Bank am Teich, aber das tat der Sache keinen Abbruch.

Der Morgen war angenehm und die Sonne noch nicht so heiß.

Drei Runden drehte er um das kleine Gewässer und es lief sich gut auf dem Waldboden.

Drei Runden für drei Dates?

Die Vorfreude auf den Abend beflügelte ihn.

Danach schwamm er noch einmal quer durch den Waldteich, wie er es zusammen mit ihr in der Nacht getan hatte.

Am Tage konnte man das andere Ufer erkennen und der Teich war damit gar nicht mehr so groß. In der Nacht war es ihm wie ein Ozean vorgekommen. Wie hatte Felix zu Ariana gesagt? „Bademaus!"

Still lächelte Richard, als er wieder an Land kletterte.

Auf der Bank lagen seine Sachen. Auf der Bank, auf der er am Abend mit Ariana gesessen hatte. Und die ihn am Abend wieder hier erwarten würde. Eine sichere Bank!

6. Kapitel

Küsse im Mondlicht

riana saß wieder auf der Bank und blickte zum Mond hinauf. Sie dachte an diesen wunderschönen Kuss zurück und strich sich mit den Fingerspitzen zum sicherlich tausendsten Male über ihre Lippen.

Jahrhundertelang hatte sie den Menschen nur dabei zugesehen und jetzt wusste sie, wie schön das sein konnte.

Solange man nicht wusste, was man verpasste, konnte man es auch nichts vermissen.

Inzwischen wusste Ariana aber über diesen Zauber Bescheid. Damit konnte sie es eigentlich nicht mehr erwarten, dass der Mann endlich wieder zu ihr zurückkommen würde, damit sie abermals seine Lippen kosten konnte.

Der Nachtwind kräuselte die Teichoberfläche und ein paar letzte Frösche quakten noch im Schilf. Das waren alles altbekannte Geräusche, aber sie wollte etwas Neues erleben.

Immer wieder ging ihr Blick den Weg entlang und sie hoffte, die Gestalt des Mannes endlich wiederzusehen. Würde er erscheinen?

Sie musste sich regelrecht verrenken, um von ihrer Position aus etwas sehen zu können, doch sie machte das immer wieder.

Zwar hatte er es versprochen, aber würde er Wort halten?

„Komm schon!", flüsterte sie und hätte ihn ziehen wollen.

Endlich konnte Ariana die bereits von den beiden Abenden zuvor so vertraute Gestalt auf dem Waldweg erkennen.

Zielstrebig und schnell kam er auf sie zu. Das war nicht mehr der schlendernde Gang vom vergangenen Abend, sondern der schnellere eines Mannes, der es nicht mehr erwarten konnte, endlich wieder bei ihr zu sein.

Ihr Herz schlug schneller und am liebsten wäre sie ihm entgegen geilt, doch sie bewahrte die Ruhe.

Ariana zwang sich, auf der Bank am Ufer zu bleiben, aber ihre Augen fixierten den Mann. Was würde diese Nacht bringen? Hoffentlich noch mehr dieser wundervollen Küsse!

Schnell blickte sie ein letztes Mal fragend zum Mond hinauf und es schien ihr, als hätte die Mondgöttin ihr zugezwinkert, dann war der Mann bei ihr.

„Guten Abend, Ariana! Schön, dass du wieder da bist!", sagte er überschwänglich und küsste sie kurz.

Das war nicht derselbe Kuss, wie am Abend zuvor. Viel zu kurz und nicht so intensiv, aber es war ja nur die Begrüßung.

Er setzte sich neben sie und Ariana versank in seinen Augen.

Kein weiteres Wort fiel, er strich ihr übers Haar und streifte ihren Hals, dann zog er sie sanft zu sich und jetzt fanden sich ihre Lippen zu einem sehr viel längeren Kuss.

Der schien kaum enden zu wollen und war wirklich wunderbar.

Richard hatte seine Hand hinter ihrem Halse, als befürchtete er, dass sie sich aus diesem Zauber lösen wolle. Nur locker lag die Hand dort und mit der anderen streichelte er ihr Haar und ihren Hals auch weiterhin.

Schöneres konnte es wohl kaum geben und Ariana bat Lunara stumm, die Zeit anzuhalten, damit sie es noch mehr und viel länger genießen konnte.

Was würde außer küssen noch kommen? Wieder Gespräche oder etwas anderes? Sollte sie mit ihm schwimmen gehen, oder sich ins Gras legen, wie es manches Liebespaar in all der Zeit gemacht hatte?

Die Vorfreude beschleunigte ihren Herzschlag noch weiter.

Seine Hand glitt von ihrem Hals ab und streifte ihre Brust, doch auch das fühlte sich gut an.

Ariana rutschte näher an ihn heran, um seinen Körper zu spüren. Warm war er und bewegte sich ihr entgegen.

Jetzt streifte ihre Hand seine Brust und versuchte unter sein Hemd zu gelangen. Ariana fühlte kleine gekräuselte Härchen auf seinem Oberkörper und im Gegenzug streichelte er indessen wieder ihre Brust.

Allerdings durch den Stoff hindurch. Sollte sie sich schnell das Kleid über den Kopf ziehen, um ihm den Zugang zu ihrer Haut zu ermöglichen? Viele Frauen, die sie beobachtet hatte, hatten das so gemacht, aber sie wollte nur die Situation genießen.

Dennoch erschauderte sie bei seiner Berührung. Das fühlte sich großartig an! „Mehr!", rief ihr Kopf in Gedanken.

Wenige Atemzüge später glitt seine Hand von ihrer Brust nach unten und landete auf ihrem Oberschenkel. Schwer und warm blieb sie da liegen, aber auch das fühlte sich gut an.

Während er sie weiter küsste, schob sich diese Hand langsam vorwärts und tauchte unter den Saum ihres Kleides.

Gespannt wartete sie, wo wohl sein nächstes Ziel sein würde. Bisher hatte sie nicht ein Wort gesagt, doch jetzt stöhnte sie auf, als seine Finger zwischen ihren Schenkeln oben angekommen waren. Es wurde immer schöner!

Richard löste sich aus dem Kuss, erhob sich und kniete sich vor sie.

Was kam jetzt?

Fragend blickte sie ihn an.

Sanft griff er zu ihren Hüften und zog sie daran ein Stück nach vorn, bis sie auf der Kante der Bank saß.

Interessiert schaute sie von oben zu, was er da unten machte.

Richard schob ihr das Kleid zurück, drückte ihr die Knie auseinander und vergrub sein Gesicht in ihrem Schoß.

Vor Überraschung seufzte sie auf.

Ein unerwartetes Glücksgefühl durcheilte sie und Ariana warf stöhnend ihren Kopf zurück.

„Was machst du?", japste sie, doch er gab ihr keine Antwort.

Sie fühlte, wie er ihren Schoß küsste und das war noch schöner, als der andere Kuss zuvor.

Mit Zunge und Fingern berührte er sie dort unten und es ließ sie erschauern.

Arianas Herz schlug immer schneller, sie keuchte und eine Gänsehaut rollte über ihren Körper.

„Oh! Himmel!", stöhnte sie, alles begann sich in ihr anzuspannen und dann begannen die Sterne auf sie herabzufallen.

Sie keuchte und stöhnte und wenn Richard sie nicht an den Oberschenkeln fest auf die Bank gedrückt hätte, dann wäre sie sicherlich von der hölzernen Sitzfläche gefallen.

Als sie wieder zu Atem kam, setzte sich Richard neben sie und gab ihr einen weiteren Kuss.

„Darf ich auch mal bei dir?", fragte sie immer noch schnaufend.

Ohne ein Wort öffnete Richard seine Hose und streifte sie sich bis zu den Knöcheln herab.

Augenblicklich kniete Ariana zwischen seine Knie.

Mit streichelnden und tastenden Berührungen erkundete sie das, was da vor ihrem Gesicht steil nach oben ragte. Noch nie war sie so einem Ding so nahe gekommen und daher erforschte sie mit spielerischen Bewegungen alles. Sie leckte vorsichtig daran herum.

Richard stöhnte dabei ziemlich laut. So oft hatte sie dieses Geräusch bei den anderen Menschen in der Nacht an ihrem Teich gehört, jetzt war sie selbst dabei.

„Du kannst ihn auch in den Mund nehmen!", japste Richard schließlich.

Vorsichtig umschloss sie die Spitze mit den Lippen, dann zuckte das Ding und Ariana hatte etwas Salziges im Mund.

Erschrocken schreckte sie zurück, spuckte aus und blickte auf die Fontäne, die dem Ding vor ihrer Nase entsprang.

„Oh! Entschuldige! Das wollte ich nicht!", sagte sie schnell.

Richard stöhnte laut und ein Strahl nach der anderen entsprang der Spitze, wie bei einem Springbrunnen.

„Es tut mir leid! Bitte entschuldige! Das hätte nicht passieren dürfen!", stammelte er schnaufend.

„Ist er jetzt kaputt?", erkundigte sich Ariana neugierig, weil das Ding soeben ganz klein und schlaff wurde.

„Nein! Alles gut! Bitte entschuldige! Ich hätte mich besser im Griff haben müssen!", erwiderte Richard und zog sich die Hose hoch.

„Du hattest wohl noch keinen Sex. Oder?", fragte er.

„Was ist Sex?"

„Bist du noch Jungfrau?", befragte Richard sie.

Ariana nickte. Beinahe hätte sie Meerjungfrau gesagt, wie Lunara sie genannt hatte.

„Ich würde gern erfahren, was Sex ist!", setzte sie hinzu und beugte sich zu dem Mann, um ihn erneut zu küssen.

„Ok! Aber nicht hier! An dein erstes Mal solltest du dich besser erinnern können! Ich hole dich morgen Abend hier ab! Einverstanden?", fragte Richard.

„Ja! Gern! Willst du noch mit mir baden?", entgegnete Ariana.

„Vielleicht ein anderes Mal!", antwortete Richard und küsste sie.

Während sie nackt in den Teich lief, ging er den Weg zurück.

Jetzt freute sie sich auf den nächsten Abend. Sie würde Sex haben! Was auch immer das war. Wenn es so schön war, wie das, was Richards Zunge mit ihr getan hatte, dann wollte sie das die ganze Nacht lang haben.

7. Kapitel

Männer und Frauen

*E*r war in ihrem Mund gekommen! Das war ein absolutes No-Go! Zumindest ungefragt. Er hatte gedacht, sich besser im Griff zu haben, aber die Jahre der Abstinenz hatten ihn nicht dagegen abgestumpft, sondern eher noch schärfer werden lassen.

Es war ein unverzeihlicher Fehler gewesen, doch zu seinem Glück hatte Ariana seine Entschuldigung angenommen. Jede andere Frau hätte ihm nach so einem Desaster sicherlich sofort den Laufpass gegeben.

Gerade saß er auf dem Stuhl auf seiner Veranda, blickte zum ersten Streifen der Morgensonne und grübelte.

Ariana war noch Jungfrau und sie hatte so rein gar keine Ahnung von dem, was da zwischen Mann und Frau ablief. Kam sie eventuell aus einer Klosterschule? Welche fast dreißigjährige Frau war denn heutzutage noch Jungfrau? Oder wusste noch nicht mal Bescheid, was Sex war?

„Ist er jetzt kaputt?", hatte Ariana ihn gefragt, als sein Glied wieder schlaff geworden war.

Richard schüttelte bei diesem Gedanken den Kopf. Was für eine Frage! Es hatte sich toll angefühlt, als ihre weichen Lippen seine Eichel berührt hatten. Zu toll. Dem konnte er sich nicht entziehen, aber er hätte wirklich mehr von sich erwartet. Oder er hätte vorher fragen sollen, ob sie es wollte.

Es war das dritte Date gewesen und da war Sex in Ordnung, aber er würde ihr am folgenden Abend alles so schön wie möglich machen, damit sie sich mal später mit guten Gefühlen daran erinnern konnte.

Wie war sein erstes Mal gewesen? Mit Dana auf dem Klo in der Schule, als sie beide sechzehn gewesen waren. Nicht wirklich etwas, woran man sich gern erinnern wollte.

Erst später hatte er begriffen, dass es auch für Dana das erste Mal gewesen war. Zwei Neugierige, die sich keine Zeit genommen haben und so hatte es sich dann eben auch angefühlt.

Zu unbeholfen, zu hektisch und einfach nur furchtbar, für sie beide!

Mit einer Handbewegung wischte er die schlechte Erinnerung fort.

Naomi brauchte ihr Frühstück für die Schule!

Richard stemmte sich aus dem Stuhl hoch, ging zur Terrassentür und betrat sein Schlafzimmer. Schnell ließ er seine Sachen im Wäschekorb verschwinden und ging unter die Dusche.

In seinen Gedanken war er aber immer noch bei Ariana auf der Bank am Teich.

Es war wirklich schön gewesen und bei dem Gedanken an sie reckte sich sein Glied abermals zu voller Größe empor.

So würde das am Abend schnell zu Ende sein! Ariana war zwar unglaublich schnell gekommen, aber Richard wollte da lieber kein Risiko eingehen.

Er schloss die Augen und seine Finger um sein Glied. In seinen Gedanken war er bei Ariana. Nach nur ein paar Bewegungen seiner Faust vermischte sich ein erneuter Schub seines Samens mit dem Duschwasser.

Wenig später stand er in der Küche und machte pfeifend die Schulbrote für die achtjährige.

Anschließend ging er nach oben, wo seine Schwester immer noch bei Naomi im Bett lag.

Simone hatte verschlafen!

Offenbar hatten die zwei bis zur völligen Erschöpfung getobt, denn so sah das Zimmer immer noch aus. Es war alles verwüstet, aber er wollte Simone jetzt lieber nicht dafür zur Rede stellen, denn am Abend brauchte er noch einmal ihre Hilfe. Schließlich wollte er Ariana nicht durch Zufall mit Naomi konfrontieren, oder umgekehrt.

Zuerst weckte er Simone, die sich mit völlig zerzausten Haar im Bett aufsetzte.

Die Schwester blickte zur Uhr und zuckte zusammen. Dann überschlug sie wohl ihre Optionen und kam zur Ansicht, von hier aus zur Arbeit zu fahren, denn sie entspannte sie sofort wieder.

„Kann ich deine Dusche nehmen?", fragte sie gähnend.

Er nickte zustimmend und die Schwester schlurfte im langen T-Shirt und offensichtlich ohne Unterwäsche davon, denn sie kratzte sich demonstrativ am nackten Hintern.

„Naomi! Aufstehen! Frühstück und Schule!"

„Noch fünf Minuten!", legte das Mädchen fest.

Aber da er sie immer zehn Minuten zu früh weckte, konnte er ihr den Aufschub genehmigen.

Er drehte ihr den Wecker zu, nahm Simones Wäsche vom Stuhl und stieg hinab.

Simone sang laut und falsch unter der Dusche. Es klang schauerlich, aber er mochte seine kleine Schwester.

Allerdings musste es sie jetzt noch fragen, ob sie Naomi für den Abend zu sich nahm.

Richard setzte sich auf die kleine Kommode im Bad und legte Simones Wäsche auf den Waschtisch. Dann wartete er.

„Gibst du mir ein Handtuch?", fragte die Schwester, ohne nach ihm zu sehen.

Sie kannten sich beide einfach viel zu gut.

Nur zwei Jahre trennten ihn von der Schwester und sie hatten alles immer zusammen gemacht. Simone war darum mehr wie ein Junge aufgewachsen.

Er reichte ihr das Handtuch und sie kam dennoch nackt aus der Kabine.

Die Schwester hatte einen makellosen Körper. Sie war durchtrainiert und sportlich, konnte aber selten einen Freund länger als ein paar Wochen halten.

Vielleicht war das eine Folge der Erziehung, aber wer wusste das schon.

„Was willst du?", fragte sie ihn, während sie sich ungeniert vor ihm abtrocknete.

„Kannst du Naomi heute Abend zu dir nehmen?"

Fragend zog Simone eine Augenbraue hoch.

„Neue Flamme?", erkundigte sie sich und er nickte.

„Wird ja auch mal wieder Zeit, Brüderchen. Naomi wollte letztens ein Theaterstück sehen. Ich glaube, das kommt auch heute Abend!", erklärte Simone und zog sich an.

„Aber nicht, dass mir Klagen kommen!", setzte sie noch lächelnd hinzu, schlug ihm spielerisch gegen die Schulter und trat in den Flur.

Naomi kam gerade von oben die Treppe herab.

„Du wolltest doch ins Theater, zur Blumenfee! Ich hole dich heute von der Schule ab und wir gehen dort hin!", erzählte Simone und hatte Naomi sofort mit Freudengeheul am Halse hängen.

„Ich gebe dir ein paar Sachen für morgen mit!", sagte Richard und stieg nach oben in das Kinderzimmer.

Es dauerte eine Weile, bis er in dem Chaos die sauberen Sachen der Tochter entdeckt und in einem Beutel verstaut hatte.

Seufzend blickte er auf das Durcheinander herab. Eine Mutter für Naomi wäre auch kein schlechter Gedanke.

Jetzt kam langsam die Zeit, wo die Tochter eine Frau als Vorbild brauchte. Und Simone taugte da gerade eher wenig dazu.

Zum Fußball spielen und irgendwo ein Baumhaus zusammen nageln schon, aber für Frauenfragen wohl eher nicht. Obwohl? Was waren eigentlich Fragen für Frauen?

Simone hätte ihn wohl zu Boden gerungen, wenn sie seine Gedanken gerade gelesen hätte und wie immer hätte er sie gewinnen lassen.

Er liebte seine kleine Schwester einfach viel zu sehr, aber sie waren sich viel zu ähnlich.

Richard gab Simone die Tasche, packte Naomi das Brot ein und jagte die beiden liebsten Menschen in seinem Leben anschließend aus dem Haus.

Bevor das Restaurant öffnen würde, musste er jetzt noch eine Maschine Kindersachen ansetzen.

Und sich ein paar Gedanken machen, wie er den Abend und die Nacht für Ariana unvergesslich werden lassen konnte.

8. Kapitel

Der Zorn einer Göttin?

Hatte Ariana wirklich geglaubt, Lunara würde verborgen bleiben, was sie da so des nächtens mit Richard tat? Wenn ja, dann war sie jetzt eines Besseren belehrt worden, denn die Mondgöttin kniete gerade in ihrer Höhle und hatte sie mit einem kräftigen Griff an die Schulter sehr unsanft aus dem Schlaf gerissen.

Es war heller Tag, wie Ariana mit einem Blick auf den Eingang der Höhle sehen konnte.

Lunara erhob sich, stand vor ihr und stemmte die Hände in die Hüften. Ihr Gesichtsausdruck ließ nichts Gutes für die Nixe hoffen.

„Entschuldige bitte. Ich hätte dich fragen sollen!", brach es schnell aus Ariana heraus, um den Zorn der Göttin zu besänftigen.

„Ja, mein Schatz! Das hättest du tun sollen! Wie oft habe ich dich gewarnt?", fuhr die Freundin sie an.

Schuldbewusst schlug Ariana die Augenlider nieder, blickte zum Höhlenboden und druckste herum, doch eine Antwort fiel ihr dazu nicht ein.

Natürlich hatte Lunara sie mehr als einmal über die Menschen belehrt, aber was konnte das schon gegen ihre Neugier ausrichten?

Offensichtlich bemerkte momentan auch Lunara ihre Zerrissenheit, denn die Freundin setzte sich neben sie auf das weiche Moospolster am Höhlenboden.

„Bitte sei mir nicht böse!", sagte Ariana und wagte kaum, die Freundin anzusehen.

„Ich bin dir nicht böse. Nur enttäuscht von dir. Du hättest es mir sagen sollen!"

„Ja! Das hätte ich tun sollen und dich zuvor fragen", gab Ariana zerknirscht zurück.

Lunara legte ihren Arm um die Schultern der Nixe und zog Ariana an sich heran.

„Und? Wie war es?", fragte sie jetzt.

„Schön!", antwortete Ariana.

Lunara seufzte.

„Entschuldige bitte, dass ich dein Verbot übertreten habe. Es kommt nicht mehr vor!", erklärte Ariana jetzt.

„Es war kein Verbot. Nur eine Warnung. Du kannst doch selbst bestimmen, was du tust. Ich wollte dich nur beschützen", erklärte Lunara.

„Beschützen? Vor Richard? Er ist anders", bemerkte Ariana.

Erneut seufzte Lunara. „Wirklich? Er ist ein Mensch!"

Die Göttin blickte Ariana in die Augen und sah offensichtlich den Zweifel darin.

„Weißt du Ariana, du bist nicht die erste Nixe, die es zu den Menschen zieht. Viele vor dir haben diesen Schritt gewagt, aber keiner ist es sehr gut bekommen", begann die Göttin zu erzählen.

Aufmerksam blickte Ariana die Freundin an und wartete auf die weiteren Ausführungen.

„Du lebst hier schon so lange ziemlich abgeschieden, aber andere Nixen haben nahe bei Dörfern gelebt. Da blieb es nicht aus, dass es sie zu den Menschen zog, um der Langeweile zu entgehen. Sie mischten sich in Gruppen unter die Menschen, waren tanzen, feiern und einige verliebten sich auch!", begann die Göttin.

Lunara strich ihr über die Wange und setzte fort: „Aber meist war es das Unglück der Nixe. Menschen bringen sich schon gegenseitig großes Leid. Glaube mir, ich sehe es von da oben täglich. Sie zerstören ihre Erde und töten alles, was anders ist. Ich möchte nicht, dass du am Ende in einem Zoo bist, in einem Becken sitzt, mit einem Schild mit der Aufschrift »Nixe« davor und Kinder werfen dir Süßigkeiten zu!"

„Aber Richard", begann Ariana.

„Was? Er ist anders? Mag sein", fiel ihr Lunara ins Wort und seufzte erneut.

„Was wird?", fragte die Göttin.

Ariana zuckte mit den Schultern.

„Nehmen wir mal an, er ist anders und du verliebst dich in ihn. Du bist jetzt etwas mehr als 600 Jahre alt und hast noch zwei Drittel deines Lebens vor dir. Wie alt ist er?", erkundigte sich die Göttin.

„Ich weiß es nicht", entgegnete Ariana.

„Sagen wir mal, er ist dreißig oder vierzig, dann ist er in fünfzig Jahren tot und dir bricht es das Herz für die nächsten tausend Jahre!", entgegnete die Mondgöttin und strich ihr abermals fürsorglich über die Wange.

„Ich meine es doch nur gut mit dir! Ich habe das so oft erleben müssen!", ergänzte Lunara.

Nachdenklich blickte Ariana auf ihre Füße hinab, dann sagte sie: „Und wenn ich es nicht versuche, dann werde ich mir das vielleicht die nächsten tausend Jahre vorwerfen. Oder?"

„Na fein! Du weißt, dass ich dich mag und wie eine Tochter liebe, aber komme mir hinterher nicht angerannt und heule mir dann nicht die Ohren voll. Ich habe dich gewarnt!", erklärte Lunara trotzig und erhob sich von ihrem Platz.

Ariana blickte zu ihr auf.

Mit Lunaras Aussage lag jetzt offenbar die Entscheidung bei ihr, wie es weitergehen sollte.

Würde sie am Abend auf der Bank sein, dann war der weitere Weg klar vorgezeichnet. Wenn sie sich verlieben würde, dann würde die Zeit ihr das Herz brechen, wenn es Richard nicht schon zuvor tat.

Und wenn sie einfach in ihrer Höhle blieb?

Dann würde sie die ungestillte Neugier zerreißen!

„Versprich mir bitte, dass du niemanden verrätst, dass du eine Nixe oder Meerjungfrau bist!

Es wäre dein Verderben!", bat die Mondgöttin sie noch eindringlich.

Ariana nickte.

Noch einmal hob Lunara drohend den Zeigefinger, aber es war nicht wirklich eine Drohung.

Ariana wusste, dass die Mondgöttin ihr auch weiterhin zur Seite stehen würde.

Lunara nickte ihr zu, lächelte und löste sich einfach so in einer Wolke aus Staub auf, der im Wasser langsam zu Boden schwebte.

Damit blieb für Ariana noch eine ganze Weile Zeit zum Überlegen.

Der Einwand der Göttin war vermutlich richtig, aber ihr eigener ebenfalls.

Was blieb zu tun?

Es zu versuchen und sich nicht dabei verlieben! Eine Alternative dazu gab es wohl kaum.

Aber konnte man so etwas wirklich tun? Das Herz verschließen und gleichzeitig den Kopf verlieren? Oder umgekehrt?

Mit Herz und Verstand wollte diese Sache angegangen werden und dabei war sie doch schon kurz davor, ihr Herz an Richard zu verlieren.

Schon alleine bei dem Gedanken an ihn und seine Küsse klopfte ihr Herz viel schneller. Und was sagte ihr Kopf? Er sagte einfach: „Ja! Tue es!"

Ariana wollte es riskieren!

Augenblicklich dachte sie über die Worte der Freundin nach. Warum war sie all die Jahre eigentlich hier in diesem Teich alleine gewesen?

Anscheinend gab es in anderen Gewässern sogar ganze Gruppen von Nixen.

Weshalb war sie dann hier alleine? Und warum fiel ihr das erst jetzt auf?

Seit Jahrhunderten hätte sie Lunara danach fragen können, aber da hatte sie es für normal gehalten, dass pro Teich eben nur eine Nixe zu finden war.

Grübelnd lehnte sich Ariana zurück und blickte auf das schwache Licht, das den Eingang zu ihrer Unterwasserhöhle markierte. Noch war es draußen hell, aber sie konnte es kaum noch erwarten, dass die Dunkelheit kommen würde, denn dann kam auch Richard wieder zum Teich!

Still lächelte sie in sich hinein.

9. Kapitel

Aufklärung mal anders

*R*ichard betrat das Restaurant und sah, dass Felix seinen Arbeitstag ziemlich seltsam begann. Der Freund hatte eine der Servicekräfte vor sich auf der Theke sitzen und steckte gerade in deren Schoß.

Es war Pauline, die momentan ziemlich laut stöhnte.

„Last euch von mir nicht stören!", sagte Richard und trat zur Tür des Kühlraumes, um die Warenlieferung zu kontrollieren.

Felix seufzte, zog sich von Pauline zurück und schloss sich die Hose.

Die Servicekraft kletterte vom Tisch, suchte ihren Slip und zog ihn sich wieder an.

„Wasch dir die Hände!", rief Richard der Frau nach und griff sich die Liste.

Eine halbe Stunde später waren die Bestände kontrolliert und die Bestellungen für den nächsten Tag vorbereitet.

„Könntest du das heute Abend wieder alleine schaffen?", fragte Richard danach den Freund.

„Kein Problem! Heute ist vermutlich nicht viel los!", entgegnete Felix, nachdem er das Buch mit den Reservierungen kontrolliert hatte.

An allen anderen Tagen hätte sich Richard darüber geärgert, heute war er deswegen ganz froh.

Felix fragte nichts, sondern übernahm einfach den Abend. Dafür waren Freunde doch da!

Das Mittagsgeschäft begann und Richard dachte immer wieder daran, wie er den Abend für Ariana unvergesslich machen konnte. Eigentlich hätte er mit seinen Gedanken bei der Arbeit bleiben müssen, aber dennoch schweifte er immer wieder ab.

Mit dem Blick in den Topf überlegte er, ob er am Abend vielleicht auch etwas für Ariana kochen sollte.

Das war sicherlich kein schlechter Gedanke, doch da er nicht wusste, was sie aß, würde er ihr etwas Vegetarisches anbieten, denn dabei konnte man nicht viel falsch machen.

Endlich ging es auf den späten Nachmittag und Richard nickte seinem Freund zu.

Anschließend jagte er mit dem Auto zu seinem Haus zurück und setzte dort alles um, was er sich vorgenommen hatte.

Während die Gemüsesuppe auf dem Herd brodelte, machte er Ordnung in seinem Haus.

Zumindest im Erdgeschoss, denn oben sah es eher verheerend aus. Er würde mal mit seiner Tochter darüber reden müssen! Und auch mit Simone!

Pünktlich mit dem Sonnenuntergang war Richard mit dem Ergebnis seiner Aufräumaktion zufrieden, stellte das Essen warm und machte sich auf den Weg zu dem kleinen Waldteich, wo er Ariana zu finden hoffte, falls sie nicht einen Rückzug vor ihrer Courage gemacht hatte.

Richard rannte fast und war aufgeregt wie ein Teenager.

Ariana saß wie erhofft auf der Bank und kam ihm die letzten Schritte entgegen. Sie umarmte ihn und er küsste sie.

Auf dem Rückweg brachte er kein Wort heraus und auch Ariana lief stumm an seiner Hand mit.

Schließlich betraten sie das Haus und die Frau zuckte regelrecht zusammen, als er das Licht einschaltete.

Neugierig ging sie in den Raum, während er schnell das Essen warm machte und auf die Teller gab.

„Bitte setze dich!", forderte er sie auf und schob ihr den Stuhl zurecht.

Jetzt erst konnte er sie im Schein der Leuchter ausgiebig betrachten. Ihre Augen waren riesengroß und glänzten im Licht. Die langen braunen Locken fielen ihr bis auf die Brust und sie lächelte ihn stumm an. Anhimmeln wäre wohl eher das richtige Wort dafür!

„Lass es dir schmecken!", forderte er sie auf, aber sie zögerte, bis er zum Löffel griff, um die Suppe zu essen.

Zaghaft machte sie es ihm nach und lobte dann das Gericht.

Salat und Pudding folgten und wurden von Ariana auch sehr zögerlich gegessen. Offenbar wartete sie immer erst darauf, dass er den ersten Schritt machte.

Nach dem Mahl führte er sie in sein Schlafzimmer und zögerte kurz.

Ging er hier zu schnell voran?

„Oder möchtest du dich vorher noch etwas frisch machen?", erkundigte er sich bei ihr.

Sie blickte ihn erneut fragend an und darum brachte er sie ins Badezimmer.

Ariana bestaunte die Einrichtung und schaute sich im Spiegel an.

Umständlich versuchte sie, den Wasserhahn zu betätigen.

Schnell zeigte er ihr, wie der Hahn funktionierte.

„Ich bekomme mein Wasser von einer Quelle!", erklärte sie, als das Wasser dann lief.

Er erklärte ihr noch die Dusche, sie streifte sich das Kleid ab und betrat die Kabine.

Einen Moment bewunderte er ihren wohlgeformten Körper, dann lief er nach nebenan und begann das Schlafzimmer etwas romantischer zu machen.

Während nebenan das Wasser der Brause lief, entzündete er Teelichter und legte eine CD mit romantischer Musik in das Radio.

Vor dem Bett stehend wartete er auf sie.

Keine zwei Sekunden nach dem Verstummen der Brause trat sie nackt und tropfnass in sein Schlafzimmer. Das sanfte Licht der Kerzen spiegelte sich in den Wassertropfen auf ihrer Haut und sofort bildete sich unter ihr eine Pfütze auf dem Laminat.

Eilig schob er sie zurück in das Badezimmer und gab ihr ein Handtuch, das sie sehr seltsam ansah. Daher begann er, sie selbst abzutrocknen.

Jetzt hatte er sie unter seinen Fingern. Sie war wirklich wohlgeformt, mit schönen großen Brüsten. Alle Rundungen waren genau dort, wo sie sein sollten. Rubens hätte seine helle Freude an ihr gehabt und auch Richard gefiel Ariana ausgesprochen gut.

Offenbar hatte sie kalt geduscht, denn ihre Brustwarzen standen steil aufrecht aus großen dunkelroten Warzenhöfen. Ihre Haut war sehr hell und schien im Licht der Badbeleuchtung regelrecht zu erstrahlen.

Das Dreieck aus kleinen braunen gelockten Schamhaaren war außergewöhnlich groß und zog sich bis zu ihren Oberschenkeln herab.

All das registrierte Richard, während er Ariana abrubbelte und sie einfach vor ihm stehenblieb.

„Werden wir jetzt Sex haben?", fragte sie, als er das Tuch zur Seite legte.

Er nickte und nahm sie bei der Hand. Langsam führte er sie zum Bett und sagte: „Lege dich bitte darauf!"

Richard zog sich aufgeregt aus und stand schon kurz darauf nackt vor ihr.

Ariana lag auf der Seite, hatte den Kopf in die Hand gestützt und ihre Locken bedeckten eine Brust. Ein Bein hatte sie angezogen und sie blickte ihn neugierig an.

Richard holte ein Kondom und versuchte es auf sein schon vor Erwartung steifes Glied zu streifen.

„Was ist das?", fragte sie.

„Ein Kondom, damit du nicht schwanger wirst!"

„Was ist schwanger?", erkundigte sie sich daraufhin.

„Haben deine Eltern dir nicht erklärt, was passieren wird?", erwiderte Richard zweifelnd.

„Eltern?"

„Mutter und Vater?", entgegnete er und legte das Kondom zur Seite.

„Vater kenne ich nicht und an meine Mutter kann ich mich kaum erinnern. Ich lebe schon ewig alleine im Wald!", antwortete sie.

Hier war erst mal Aufklärung nötig!

Richard grübelte und blickte sich um. Hatte Simone ihm nicht im letzten Jahr so ein Aufklärungsbuch für Kinder geschenkt?

Nackt suchte er das Lehrbuch in seinem Schlafzimmerschrank.

In ein paar Jahren würde er dasselbe Naomi erzählen müssen, was er jetzt dieser wunderschönen nackten Frau in seinem Bett mitteilen musste.

Mit der kindlich gestalteten Publikation legte er sich zu ihr und begann es ihr zu erklären.

Ariana hörte geduldig zu und fragte gelegentlich auch etwas nach. Er zeigte ihr an den Abbildungen und an ihren beiden Körpern, worum es beim Sex ging.

Als er das Buch zuklappte, entgegnete sie: „Bevor wir zum Sex kommen, möchte ich zuerst das von gestern zu Ende bringen! Es tut mir leid, dass ich dein, wie nanntest du es? Sperma? Ausgespuckt habe, aber ich war zu überrascht!"

Wortlos nickte er und Ariana kniete sich zwischen seine Beine.

Diesem Anblick konnte er sich nicht entziehen und sein bei der Erklärung zuvor erschlafftes Glied sprang ihr sofort prall und hart entgegen.

Ariana beugte sich nach vorn und ihre langen Haare verdeckten damit das, was sie gegenwärtig tat.

Richard spürte, wie sie an dem Schaft rieb und die prallen Hoden drückte. Dann schob sie die Haare zurück, umschloss seine Eichel mit den Lippen und sah ihn erwartend an.

Geschwind zeigte er ihr, wie es ging.

Sie rieb schnell und fest an seinem Schaft. Dann spürte er, wie der Samen in ihm aufstieg.

„Ariana! Vorsicht! Ich komme gleich!", stieß er gepresst aus.

Unerbittlich machte sie weiter, dann kam er und sie schluckte alles.

Ariana richtete sich auf, sagte: „Jetzt ist es schon spät! Bald geht die Sonne auf! Aber heute Abend komme ich zu dir und dann haben wir Sex!"

Sie zog sich an und ging, während er noch schnaufend auf dem Rücken lag.

Was für eine Frau!

10. Kapitel

Fragen über Fragen

Leichtfüßig eilte Ariana über die Wiese. Es war wirklich spät geworden und sie musste sich jetzt wahrlich beeilen, denn hinter ihr war schon der erste Streifen des neuen Tageslichtes am Horizont zu sehen.

Die Sonne schob sich unerbittlich über den Himmel und verdrängte die Nacht.

Indessen musste Ariana nur noch ihren Waldteich erreichen, bevor die Sonnenstrahlen sie treffen würden, doch sie war nicht schnell genug, denn die erste Hitzewelle erreichte sie und der Gluthauch traf ihren Rücken, als sie das Kleid in das Versteck in dem hohlen Baum schob.

Panisch rannte sie zum Gewässer hinüber und sprang hinein.

Das kühle Wasser tat so gut auf ihrer erhitzten Rückseite. Es war nur ein Augenblick gewesen und dennoch hatte es bereits auf ihrer Haut gebrannt.

Ariana war einfach viel zu empfindlich und die helle Sonne nicht gewohnt.

Sie tauchte in ihr Versteck am Grunde des Gewässers, schob sich in die dort befindliche Höhle und rollte sich zusammen.

Jetzt erst hatte sie Zeit, über die Erlebnisse dieser Nacht nachzudenken.

Unzählige verschiedene Gedanken und Empfindungen jagten durch ihren Leib. So vieles hatte sie in dieser Nacht erlebt, erfahren und erkannt.

Noch nie zuvor hatte sie sich der Behausung der Menschen genähert oder war gar darin eingetreten.

Alles war dementsprechend neu gewesen und musste jetzt abgespeichert werden. Und auch Richards Erklärungen suchten derweil ihren Platz in Arianas Kopf.

Die Bilder in dem Buch waren schon ziemlich seltsam gewesen und die Erläuterungen des Mannes ebenfalls, doch was hatte das alles mit diesem Sex zu tun?

In ihren Erinnerungen ging sie all die Situationen durch, in denen sie nachts aus dem Schilf heraus die Menschen beobachtet und belauscht hatte.

Und gleichzeitig dachte sie daran, ob das alles auch auf sie selbst zutraf. Vermutlich eher nicht, denn sie war ja eben kein Mensch!

Suchend tasteten sich ihre Finger zu ihrem Schoß. In dem Halbdunkel ihres Versteckes versuchte sie zu ertasten, wie das da unten bei ihr aussah, aber das schien nur in etwa so zu sein, wie die Abbildung es dargestellt hatte.

Würde Richard den Unterschied bemerken?

War sie dann in Gefahr? Oder würde er es einfach nur so hinnehmen?

Eventuell war auch die Abbildung nicht korrekt gewesen? Aber wer konnte es wissen?

Gerade hätte sie eine Freundin zum Reden gebraucht, doch da war im Moment niemand. Lunara würde den Rest des Tages fort sein und sie selbst konnte ihr Versteck am Tage auch nicht verlassen. Jetzt, im Sommer, war die Hitze draußen für sie viel zu groß.

Hatte sie ihm zu voreilig versprochen, am Abend zu ihm zurückzukommen?

Vorher musste sie unbedingt noch mit Lunara sprechen, um die allerletzten Fragen auszuräumen. Und sie musste dafür sorgen, dass das Licht aus war, wenn Richard wieder ihrem Schoß so nahe kommen würde, wie er es in jener Nacht auf der Bank gewesen war.

Langsam und gründlich tasteten sich ihre Finger an ihrem Schoß entlang und in Gedanken verglich sie das da unten mit jenem Bild.

Noch nie zuvor hatte sich Ariana dort berührt, aber es fühlte sich gar nicht mal so übel an. Viel schöner war natürlich das gewesen, was Richard mit ihr angestellt hatte. Schon alleine in der Erinnerung daran sauste wieder dieses herrliche Gefühl durch ihren Unterleib.

Ariana versank in der Erinnerung an diese wundervollen Küsse. Die waren einfach nur himmlisch schön gewesen!

Momentan tastete sich ihr Zeigefinger nach innen, wurde aber sofort von einem Widerstand daran gehindert.

Das war wohl dieses Jungfernhäutchen, das Richard erwähnt hatte. Es musste ziemlich fest sein, denn alles dagegen drücken konnte doch nicht dazu führen, dass ihr Finger auch nur ein winziges Stück nach innen gelangen konnte.

Kräftiger drückte Ariana zu, aber es nutzte ihr nichts. Konnte es dann Richard gelingen, in sie einzudringen?

Noch eine Frage für Lunara!

Und konnte sie als Nixe überhaupt von Richard schwanger werden?

Fragen über Fragen und doch keine Antworten.

Nur ein paar Erkenntnisse dazu, wie sich Menschen liebten.

Mit der Erinnerung an den süßen Kuss und dieses unglaubliche Gefühl in ihrem Unterleib hatte sie sich vielleicht zu voreilig auf Richard eingelassen, allerdings war das Essen wirklich köstlich gewesen!

Schon alleine dafür hatte sich der Abend gelohnt.

Ariana zog ihre Finger aus ihrem Schoß zurück und strich sich mit den Fingerspitzen über ihre Lippen. Dieser süße Kuss lag noch darauf. Und der salzige Geschmack seines Samens.

Süß und salzig, daran konnte sie sich gewöhnen. Was war ihr da in all diesen Jahrhunderten bloß alles entgangen!

Mit diesem Gedanken dämmerte sie in den Schlaf hinüber.

Im Traum war sie wieder in Richards Behausung. Erneut stand er nackt vor ihr, aber bevor seine Hände sie berühren konnten, riss ein lautes Geräusch Ariana aus diesem wunderschönen Traum.

Ärgerlich fuhr sie hoch und lauschte darauf, wer ihre Träume gestört hatte.

Es dröhnte regelrecht und es klang wie das Lachen von ein paar jungen Frauen. Hatte ihr die Mondgöttin einige Frauen stellvertretend zur Beantwortung ihrer Fragen geschickt?

Schon oft hatten Männer und Frauen nackt in ihrem Teich gebadet, aber bisher war sie nie so sonderlich neugierig gewesen, wie die Menschen da wohl zwischen ihren Beinen aussahen.

Sie hatte sich bisher in ihrer Behausung auf dem Grund verborgen, denn sie war ja nicht unsichtbar.

Augenblicklich zog sie allerdings die Neugier aus ihrem Versteck heraus.

Aus der Tiefe des Teiches blickte Ariana gegen das Licht der Sonne empor. Es musste noch ziemlich lange Tag sein, denn das Licht traf das Wasser fast senkrecht von oben.

Direkt über ihr schwammen drei Frauen umher und sie waren alle nackt. Allerdings war das Wasser nahezu klar und sie selbst vermutlich gut zu sehen, wenn sie sich den Dreien nähern würde.

Neugier kämpfte mit der Angst. Was wäre wohl stärker? Die Vernunft? Oder der Wissensdurst?

Wenn die Frauen doch nur ins flache Wasser schwimmen würden, dann würden sie dort solch einen Schlamm vom Grund aufwirbeln, dass Ariana unbemerkt zu ihnen schwimmen konnte, allerdings würde sie dann vermutlich nichts mehr sehen können.

Zwei der Frauen schwammen zum Ufer zurück und dadurch paddelte nur noch eine in der Mitte des Teiches herum.

Die offensichtlich sehr junge Frau plantschte regelrecht vorüber, strampelte mit den Füßen und war schließlich direkt über Ariana.

Noch mehr hätte ihr das Schicksal nicht zulächeln können!

Langsam tauchte sie nach oben und hielt einen Abstand zu der Frau, von hinten glitt sie noch näher heran, um ihren Wissensdrang zu befriedigen.

Ariana warf einen Blick auf den Unterleib der Frau und genau dabei traf sie eines ihrer Beine am Kopf.

„Igitt! Gibt es hier etwa große Fische drin?", rief die Frau erschrocken aus.

Blitzschnell tauchte Ariana zum Grund hinab und glitt in ihr Versteck. Sie wusste jetzt, was sie wissen wollte. Die Abbildung in dem Buch war falsch gewesen!

Zufrieden lächelte sie in sich hinein und schloss abermals die Augen.

Ein Antwort hatte sie jetzt, ein paar Fragen waren hingegen noch für Lunara übrig!

11. Kapitel

Vorfreude, schönste Freude

---

*E*in neuer Morgen nach was für einer Nacht! Fröhlich pfeifend fuhr Richard zurück zu seinem Restaurant. Zwar hatte er nicht geschlafen, aber dennoch war er putzmunter. Später musste er Simone anrufen, ob sie die nächste Nacht noch einmal auf Naomi aufpassen würde, doch die Schwester war regelrecht vernarrt in das Mädchen und das galt gegenseitig. Daher wäre es sicherlich kein Problem, die Tochter auch in der folgenden Nacht nicht im Hause zu haben.

Im Autoradio dudelte ein uralter Schlager, in dem es um Sex ging, allerdings in Englisch und daher war es wohl ok. Derselbe Schlager in Deutsch gesungen, würde vermutlich einen Aufstand auslösen.

Schmunzelnd stellte Richard seinen Wagen auf dem Parkplatz vor seinem Restaurant ab und stieg aus.

Eine Minute später betrat er die Küche.

Aus dem Augenwinkel erblickte er durch die offene Tür Christine, die Barfrau, die im Gastraum auf dem Bartresen saß. So früh am Morgen war sie eigentlich nur hier, wenn sie die Bestände zu kontrollieren hatte.

Die Tür des Lagerraumes stand weit offen und offenbar half ihr Felix bei der Kontrolle des Weindepots.

Christine hatte ihre Beine um Felix geschlungen und hinter seinem Hintern verschränkt. Die Hose des Freundes hing ihm in den Kniekehlen und sein nackter Hintern bewegte sich schnell vor und zurück.

Die beiden waren so in ihre Prüfung vertieft, dass sie ihn gar nicht bemerkten und offensichtlich war es auch eine sehr schwere Arbeit, denn sie stöhnten beide ziemlich laut dabei.

Mit einem tiefen Seufzen kam zuerst die Frau und kurz darauf sah Richard am zuckenden Hintern seines Kollegen, dass er sich gerade in Christines Schoß ergoss.

Also offensichtlich alles so, wie am Tage zuvor auch.

Die Barfrau rutschte vom Tresen und Felix zog sich langsam die Hose hoch.

„Heute nicht der Service?", fragte Richard lächelnd nach.

„Nein! Heute mal nicht! Aber wenn Gott mich schon mal mit 25 Zentimetern gesegnet hat, dann wollen die Frauen da auch was davon haben!", entgegnete der Freund und setzte noch hinzu: „Und wie war deine Nacht? Offenbar auch sehr schön. Das Lächeln in deinem Gesicht kenne ich gut! So sehe ich morgens auch aus, wenn es eine erfolgreiche Nacht war!"

Richard sagte nichts, aber sein Schmunzeln hatte ihn vermutlich sowieso schon verraten.

„Ich würde dich bitten, heute Abend noch einmal die Leitung zu übernehmen", bat Richard den Freund.

„Übertreibe es nicht! Erst fünf Jahre nichts und dann gleich zwei Nächte hintereinander!", entgegnete Felix und hob spielerisch drohend den Zeigefinger.

„Keine Sorge! Machst du es?", fragte Richard.

„Natürlich gern! Christine hat ja auch Spätschicht! Man soll den Tag immer so beenden, wie man ihn begonnen hat!", setzte Felix grienend hinzu und schlenderte nach draußen.

Die Barfrau verschloss gerade das Depot und eilte danach aus dem Raum. Sie hatte unter ihrem Rock kein Höschen angehabt. Sollte er da noch mal mit ihr darüber reden? Die Anzugsordnung seines Personals war ja eigentlich auch seine Aufgabe, aber schloss das auch die Art der Unterwäsche mit ein?

Zweifelnd blickte er ihr nach, aber sie ging gerade zum Parkplatz hinüber. Sie arbeitete ja auch erst abends, also war das hier immer noch ihre Privatsache und da konnte er ihr nichts vorschreiben.

Abermals flogen seine Gedanken zu Ariana, denn auch sie hatte keine Unterwäsche getragen.

Was wusste er eigentlich von ihr? Nicht viel! Sie lebte alleine im oder am Forst, sie kannte ihren Vater nicht und war wohl ziemlich früh von ihrer Mutter im Wald ausgesetzt worden.

Armes Ding!

Schöne Frau! Wunderschöne Frau!

Die Erinnerung an sie und ihren weichen Mund ließ sein Glied anschwellen, aber noch war viel Zeit bis zum nächsten Treffen.

Die anderen Köche und Küchenhilfen trafen ein und lenkten ihn von der Frau seiner Träume ab.

Langsam begann die Arbeit und mitten in diesem geschäftigen Treiben fiel ihm wieder ein, dass er noch Simone kontaktieren musste, bevor die Schwester Naomi bei ihm absetzen würde.

Richard zog das Handy aus der Tasche und trat nach draußen. Die Nummer war schnell gewählt und nach ein paar Ruftönen meldete sich die Schwester ziemlich verschlafen.

„Hallo Schwesterherz, wie war dein Abend im Theater?", fragte er.

„Schön, aber danach wollte Naomi unbedingt noch Arielle, die Meerjungfrau sehen!", antwortete Simone gähnend.

„Würde es dir was ausmachen, heute Abend noch mal auf Naomi aufzupassen?", erkundigte er sich vorsichtig.

„Wenn es nicht wieder einen Trickfilm gibt! Warum müssen die eigentlich abends nach 22:00

Uhr im Fernsehen kommen?", antwortete Simone.

„Also abgemacht! Ich koche dir morgen Abend auch dein Leibgericht zur Entschädigung!", antwortete Richard und vernahm nur das gemurmelte „Dankeschön!" der Schwester im Hörer.

Erleichtert ging er zurück in die Küche und dort ließ er seinen Blick über die Angestellten schweifen.

Alles ging seinen Weg, auch wenn der Chef mal nicht da war.

Jeder in diesem Raum wusste, was zu tun war. Sie alle arbeiteten gern hier und die Bezahlung war anscheinend auch gut von ihm gewählt.

Mit einem Blick zur Uhr stellte er fest, dass es noch mehr als acht Stunden bis zum Abend waren.

Viel Zeit zur Vorfreude vor dem, was er schon gar nicht mehr erwarten konnte.

Doch würde Ariana wirklich kommen? Im doppelten Sinne gedacht? Sollte er ihr wieder etwas Leckeres kochen? Gerade zog solch ein verführerischer Duft durch den Raum.

Allerdings war das eine gebratene Forelle und er hatte es leider versäumt, Ariana zu befragen, ob sie auch Fisch aß.

Wenn er also kein Risiko eingehen wollte, dann blieben ihm nur eine Suppe und ein köstliches Dessert! Der Schokoladenpudding des

Abends zuvor war jedenfalls schon mal hervorragend angekommen.

Felix kam lächelnd aus der Topfküche und wenig später erschien Pauline aus derselben Tür.

Mit fliegenden Haaren eilte die Frau in den Gastraum hinüber.

„Jetzt doch der Service?", erkundigte sich Richard.

„Es ist doch echt was Gutes, mal so richtig einen geblasen zu bekommen!", entgegnete Felix.

„Du altes Schwein!", setzte Richard ihm entgegen, doch bei dem Gedanken an Ariana musste er dabei schmunzeln. Wo der Freund recht hatte, da traf er halt den Punkt!

„Austern für dich!", sagte der Freund und reichte ihm einen Teller mit drei der Meerestiere zum Probieren.

„Wenn du mir jetzt auch noch Stangensellerie anbietest, dann kassierst du eine Abmahnung!", bemerkte Richard, konnte aber das Schmunzeln nicht verhindern.

„So nötig hast du es doch noch nicht! Nach zwei Nächten! Oder?", entgegnete der Freund lächelnd und nahm den leeren Teller zurück.

Richards Blick ging zum Fenster hinaus. Das Mittagsgeschäft lief an und die Gäste kamen vom Golfplatz herüber. Zeit, um etwas zu tun, was ihn von Ariana ablenken konnte.

12. Kapitel

Soll ich? Oder soll ich nicht?

Den ganzen Tag hatte Ariana in ihrer Höhle verdöst. Anders als sonst war sie aber nicht in den Schlaf gekommen. Der Blick in den Schoß der Schwimmerin hatte ihr einen Teil der Fragen beantwortet. Einen nicht unerheblichen Teil, aber zwei oder drei Antworten brauchte sie jetzt auch noch von Lunara.

Die wichtigste davon war allerdings: sollte sie es wagen? Konnte die Mondgöttin ihr dazu einen Rat geben? Oder musste sie da selbst eine Entscheidung treffen?

Würde sie die Nacht bei Richard sein, dann konnte sie das ja auch nicht mehr rückgängig machen, denn dann wäre sie nur noch eine Meerfrau und keine Meerjungfrau!

So viel war schon mal sicher! Und im Buch hatte es auch so gestanden.

Jetzt zog die Neugier sie aus ihrer Höhle und es wurde Zeit für den Aufbruch.

Ariana tauchte zur Teichoberfläche hinauf und über ihr war der Himmel längst tiefblau. Die Sonne war schon weit unter dem Horizont und der Mond stand bereits auf der anderen Seite, also konnte sie Lunara jetzt rufen.

Aber zunächst brauchte Ariana ihr Kleid.

Geräuschlos schob sie sich durch den Teich und näherte sich ihrer Ausstiegsstelle.

Aus dem Schilf spähte sie vorsichtig auf die Wiese hinaus.

Direkt vor dem Versteck des Kleides liebten sich zwei Menschen gerade ziemlich leidenschaftlich. War das schon ein Zeichen des Schicksals? Sie würde über die beiden hinwegsteigen müssen, um an den Baum zu kommen.

Oder sollte sie zuerst die Mondgöttin rufen und mit ihr reden?

Ariana schwamm zur anderen Seite des Teiches, sah sich um und kletterte dann an Land.

Nackt setzte sie sich auf einen umgestürzten Baumstamm und blickte zum fast vollen Mond hinauf.

„Lunara! Bitte komm zu mir!", bat sie leise die Mondgöttin.

Es dauerte ungewöhnlich lange, bis Lunaras Gestalt endlich zwischen den Bäumen auftauchte.

„Was möchtest du wissen? Etwas über die beiden?", fragte Lunara und deutete zur anderen Teichseite hinüber.

„Nein! Etwas über mich! Über mich und Richard", entgegnete Ariana und zeigte neben sich.

Lunara zögerte einen Moment, bevor sie sich setzte.

„Und was genau möchtest du dazu wissen?", erkundigte sich Lunara.

Ariana begann all das zu erzählen, was Richard ihr aus dem Buch vorgelesen hatte. Die Mondgöttin hörte ihr schweigend zu und strich ihr gelegentlich liebevoll über den Kopf.

„Seit Jahrmillionen beobachte ich jetzt schon die Menschen in der Nacht von da oben!", begann Lunara und zeigte auf die Mondscheibe hinauf. „Und du weißt jetzt schon so vieles mehr, als ich je erfahren habe!", setzte sie flüstern hinzu und lauschte weiter Arianas Ausführungen.

„Und deine Fragen?", erkundigte sie sich, als Ariana geendet hatte und sie ansah.

„Geht das eigentlich zwischen Mensch und Nixe? Ich hatte noch nie eine Blutung da unten und soll ich es tun?", entgegnete Ariana.

Die Freundin seufzte, lehnte sich zurück und blickte zu den Kronen der Bäume hinauf.

Versuchte Lunara gerade Zeit zu gewinnen, um sich vor der Antwort zu drücken? Oder suchte sie wirklich nur nach den passenden Worten für eine Antwort.

„Ich hatte dir doch von den beiden Drachen erzählt", begann Lunara.

Ariana nickte stumm.

„Aus meinem Monddrachen sind nicht nur die Nixen entstanden, sondern auch die Wassermänner. Sie waren gewaltig an Wuchs. Sicher doppelt so groß, wie du. Eigentlich sollte es so sein, dass sich die Nixen mit den Wassermännern paaren und fortpflanzen, doch ich habe einen schrecklichen Fehler gemacht!", sagte Lunara und strich mit den Zehen durch das Gras vor dem Stamm.

„Du? Als Göttin? Göttinnen machen doch keine Fehler!", entgegnete Ariana.

„Schön wäre es!", seufzte Lunara und sah Ariana mit schräg gehaltenem Kopf an.

„Zu deiner ersten Frage: natürlich geht das zwischen Mensch und Nixe. Du könntest ein Kind von Richard bekommen. Aber", erzählte die Göttin und seufzte erneut.

Lunara zögerte abermals und Ariana wollte die Göttin nicht drängen.

Es dauerte eine gefühlte Ewigkeit, bevor Lunara fortsetzte: „Das hängt mit deiner zweiten Frage zusammen. Du hattest noch keine Blutung, wie sie die Menschenfrauen monatlich haben, und das ist mein Fehler gewesen. Da ihr immer im Wasser lebt, habe ich mir damals gedacht, dass es bei euch ähnlich wie bei den Katzen sein soll. Es gibt keine Blutung, sondern dein Eisprung setzt bei der Paarung mit einem Wassermann ein."

„Das wäre ja an sich kein Fehler. Also geht es mit Richard dann doch nicht, weil er kein Wassermann ist", entgegnete Ariana.

Abermals strich Lunara ihr über den Kopf.

„Ich habe mehr Glück mit den Frauen, als mit den Männern!", begann Lunara und setzte anschließend zu einer längeren Erklärung an: „Die Wassermänner waren groß und demzufolge waren auch ihre Pimmel gewaltig. Lang wie dein Unterarm und auch in derselben Stärke. Damit das mit dem Eisprung funktionieren konnte, hatten sie eine Art von Widerhaken vorn dran."

Ariana zuckte bei dieser Erwähnung regelrecht zusammen.

„Ja! Ich weiß!", stöhnte Lunara und setzte danach fort: „Damit das relativ schmerzarm funktionieren konnte, gab es einen Tag im Jahr, an dem die Nixen so voller Glücksgefühl und Endorphine waren, dass es ihnen nichts ausgemacht hatte. Zum Vollmond nach Mittsommer war es immer so weit und es waren regelrechte Orgien mit Geschrei und purer Ekstase!"

Lunara stockte abermals bei ihrer Erzählung.

Die Mondgöttin erhob sich, trat nach vorn an den Teich und setzte leise fort: „Aber ich habe die Rechnung ohne die Männer gemacht. Einmal im Jahr reichte ihnen nicht!"

Mit den Zehen zeichnete die Mondgöttin Kreise in den Teich.

„Was ist geschehen?", drängte jetzt Ariana auf die Fortsetzung der Erzählung.

„Die Wassermänner bekamen den Hals nicht voll genug, allerdings war die Paarung mit ihnen eben nur an diesem einen Tag ohne Schmerzen zu ertragen. Daher nahmen sich die Männer die Frauen mit Gewalt und weil diese sich ihnen entzogen, suchten sie Menschenfrauen auf. Das erzürnte jedoch die Menschen und die machten

Jagd auf die Wassermänner. Viele Nixen fanden dabei ebenfalls den Tod. Damit gab es noch weniger Nixen und die Wassermänner kämpften um den Rest von ihnen. Inzwischen gibt es keine Wassermänner mehr und nur noch ein gutes Dutzend Nixen!"

„Warum weiß ich von all dem nichts?", entgegnete Ariana und erhob sich von dem Baumstamm.

Lunara wandte sich ihr zu.

„Deine Mutter Undinara ist mit dir vor ihrem Mann Samasaru hierher geflohen. Sie hat dich in diesem Tümpel vor ihm versteckt, aber er hat sie irgendwann dennoch gefunden", antwortete die Mondgöttin.

„Und dann?"

„Undinara hat dich nicht verraten, sonst hätte dich dein Vater sicher auch verschleppt!"

„Und was wurde aus meiner Mutter?", fragte Ariana und trat vor Lunara.

„Sie ist nicht zu dir zurückgekommen!", war nur die Antwort der Mondgöttin.

Gedankenverloren blickte Ariana auf den Teich hinaus. Lunaras Antwort war klar: Hätte Undinara überlebt, dann wäre sie sicherlich zu ihr zurückgekehrt.

Gegenüber sprangen die beiden Menschen gerade ausgelassen in den Teich.

„Damit zu deiner letzten Frage: Versuche es! Was hast du zu verlieren?", erklärte Lunara.

Der Weg zum Kleid war frei, aber sollte Ariana es wirklich tun?

Es waren nicht mehr viele Tage bis zum Vollmond nach Mittsommer und eigentlich brandete jetzt schon dieses unbändige Verlangen durch ihren Leib.

Lunara strich ihr durchs Haar und löste sich danach einfach vor ihr auf.

Und was war jetzt?

13. Kapitel

Es werde Licht

---

*A*riana blickte immer noch vor sich hin. Lunara war vermutlich schon ewig fort, aber die Fragen hatte sie noch nicht wirklich beantwortet. Oder doch?

Vor Jahren hatte die Mondgöttin ihr einmal eine Geschichte erzählt, von der Ariana damals nur die Hälfte verstanden hatte. War das jetzt, mit ihrem neuen Wissen anders?

Gerade eben hatte Lunara diese Erzählung noch einmal erwähnt, aber Ariana konnte sich nicht mehr richtig daran erinnern und darum rief sie wieder nach der göttlichen Freundin.

Es dauerte abermals ungewöhnlich lange, bevor die Mondgöttin mit einem etwas genervten Gesichtsausdruck wieder vor ihr erschien.

„Was möchtest du denn noch? Tue es einfach!", sagte die Göttin.

„Darum geht es mir nicht", entgegnete Ariana.

„Aha! Worum denn?"

„Kannst du mir nochmal die Geschichte erzählen, wie wir Nixen damals entstanden sind?", fragte Ariana.

„Gern!", antwortete die Freundin und setzte sich neben sie auf die Bank.

Lunara blickte zur Scheibe des Mondes hinauf, überlegte kurz und begann zu berichten.

„Es war vor sehr langer Zeit, ich war damals noch jung, als ich sah, wie aus der Tiefe des Meeres ein Wesen auftauchte.

Mit aufgerissenen Maul blickte es drohend hinauf auf die leuchtende Scheibe des Mondes.

Es war finster, bis auf das spärliche Mondlicht, das sich in den Wellen spiegelte.

Ein donnernder Ruf ertönte, ausgestoßen von dem Drachen, der durch die Wasseroberfläche sprang und klatschend wieder zurückfiel. Es gab nicht viel um ihn herum. Nur Wasser und den Mond über ihm.

Mit schnellen Schwanzschlägen schob er sich durch das Wasser hindurch. Alleine war er und traurig, dass er so alleine war. Doch eigentlich kannte er nichts anderes.

Schon ewig zog er so seinen Bahnen durch das Meer und wusste doch nicht, warum er das tat. Nur der Mond begleitete ihn und immer wieder hob er seine Augen zu der leuchtenden Scheibe weit über ihm.

Plötzlich sah er etwas, was ihm noch nie zuvor aufgefallen war. Direkt vor ihm erhob sich eine flache Kuppe über den Meeresspiegel.

Vorsichtig umrundete er das seltsame Gebilde, beschnupperte es und versuchte es mit der Flosse zur Seite zu schieben. Doch das störrische Gebilde blieb. Es rührte sich nicht und es war nicht groß. Gerade mal doppelt so lang, wie er selbst. Vorsichtig schob er seinen massigen Leib hinauf auf den trockenen Platz.

Damit war er über dem Wasser und brüllte über das Meer hinweg. Laut donnerte sein Ruf und doch war er ungehört.

Noch immer war es dunkel, wie all die Zeit zuvor und wieder hob er seinen Blick zum Mond.

Etwas zog ihn dort hin und er wusste nicht, was es war. Die leuchtende Scheibe war unerreichbar weit entfernt, oder könnte er sie erreichen, wenn er von diesem festen Platz in die Höhe sprang?

Konnte das gelingen, jetzt, da er einen stabilen Ort zum Absprung hatte?

Zwei Versuche später hatte er die Antwort und brüllte seine Wut hinauf.

Doch der Mond war so unglaublich weit von ihm entfernt!

Sein Brüllen machte den Dachen müde und er legte den Kopf auf die Flosse. Mit halb geschlossenen Augen schaute er traurig über die Wellen.

Schließlich zog etwas seine Aufmerksamkeit wieder nach oben.

Das Leuchten schien stärker zu werden.

Erschrocken hob er den Kopf und riss sein Maul drohend auf. Abermals ließ er seine fürchterliche Stimme ertönen, doch dieses Mal wurde ihm geantwortet.

Er richtete sich auf und der Mond leuchtete nicht mehr!

Das strahlende Licht kam von einem Untier, das mit weit ausgebreiteten Schwingen zu ihm herunterglitt.

Das gleißend helle Licht, das den fliegenden Lindwurm umhüllte, war so stark, dass er die Augen zu schmalen Schlitzen zusammenziehen musste.

Dieser Glanz war kalt, doch sehr kraftvoll und selbst durch die Augenlider drang der Schein.

Und mit Brüllen ließ er sich nicht vertreiben. Das Schreien wurde abermals erwidert. Dann landete der andere Drachen direkt vor ihm.

Mit aufgerissenem Maul starrten sich die beiden Giganten an. Das Landstück war gerade so groß, dass sie beide Platz darauf hatten.

Die mit spitzen Zähnen bewehrten Mäuler klappten auf und zu, sie schnappten drohend nacheinander, doch keiner von beiden biss das Gegenüber.

Drohend waren die Gesten und das Brüllen wurde zu einem Fauchen.

Beide begannen, sich drohend und beschnuppernd zu umrunden.

Jeder behielt dabei ständig den anderen Drachen im Blick.

Jeder von ihnen konnte entkommen, ins Meer oder in die Luft, doch keiner wollte diese Gelegenheit versäumen.

In der Enge des Platzes stieß Flosse gegen Tatze, sie berührten sich und ein Blitz zuckte durch die beiden gigantischen Leiber.

Erstarrt standen sie voreinander und richteten sich groß auf.

Augenblicklich war mehr Raum auf dem Festland, da sie jetzt auf den Hinterbeinen standen. Sie hatten die Vorderpfoten gegeneinander gestützt und die langen Hälse ineinander verdreht.

Um ihre Kräfte zu messen, schoben sie sich und rieben ihre Körper aneinander.

Jeder versuchte, den anderen zu bezwingen, oder von der kleinen Insel im Urozean zu schieben.

Die langen Schwänze peitschten das Wasser auf und schlugen auf das Land. Keiner wollte nachgeben! Jeder gewinnen!

Doch plötzlich geschah etwas, was weder der männliche Wasserdrache, noch der weibliche Monddrachen vorhergesehen hatten: Sie schoben sich ineinander. Der gewaltige Phallus des Meeresdrachen füllte die Vagina des Monddrachen vollständig aus.

Der Schreck dessen ließ sie wiederum erstarren, doch inzwischen waren sie beide eins. Ein Wesen, in der Mitte verbunden. Sie verschmolzen zu einem einzigen Tier!

Schließlich bewegten sie sich aufeinander zu und voneinander fort, doch die Verbindung des Geschlechtsaktes hielten sie aufrecht.

Das Schnaufen der beiden Tiere dröhnte jetzt über die Insel im Dunkel des urzeitlichen Ozeans.

Kraftvoll klatschten ihre massigen Leiber aneinander.

Immer schneller und immer gewaltiger wurden die Stöße, wobei die Insel regelrecht erbebte.

Dann erstarrten beide im Gipfel eines gemeinsamen Höhepunktes. Mit einem beidseitigen Brüllen übergaben und übernahmen sie den Samen und noch in dieser Vereinigung zerriss ein greller Lichtblitz die beiden großen Tiere.

Im Höhepunkt ihrer Vereinigung zündeten sie die Sonne der Schöpfung.

Der Samen des einen Drachen und die Eizellen des anderen verteilten sich rings um sie herum.

Wie in einem Regen aus befruchteten Eizellen zeugten sie das Leben der Nixen und aller anderen Lebewesen.

Und gleichzeitig war es Licht über dem Weltmeer geworden.

Dröhnend verklang das Geräusch dieses gigantischen Höhepunktes der beiden Urzeittiere. Die Welt war erschaffen und das Leben begann."

Lunara beendete ihre Geschichte und schaute Ariana an.

Die Nixe blickte zu ihren Füßen hinab.

„Viel schlauer bin ich jetzt aber auch nicht geworden!", sagte sie zu der Freundin.

„Du bist ein Teil meines Monddrachens! Also ein Teil von mir!", entgegnete Lunara und strich ihr übers Haar.

Jetzt blieb Ariana wirklich nur noch die Erwartung darauf, was Richard ihr zeigen würde.

„Ich danke dir für diese Geschichte!", erklärte Ariana, erhob sich von der Bank und stellte sich vor Lunara.

„Geh!", ermutigte die Mondgöttin sie.

14. Kapitel

Theorie oder Praxis

Im Trubel des Tages war die Zeit für Richard schnell vergangen und Felix hatte ihn sogar an den Aufbruch erinnern müssen.

Im Moment stand Richard in seiner Wohnung und blickte auf die Terrasse hinaus. Noch war es draußen hell.

Warum wagte sich Ariana eigentlich nicht bei Sonnenschein aus ihrem Versteck? Aus ihren Andeutungen hatte er gelesen, dass ihre Mutter sie hier ausgesetzt hatte und sie alleine irgendwo im Wald lebte. War es die Angst vor den Menschen, die sie dort hielt? Aber zumindest zu ihm hatte sie doch schnell Vertrauen gefasst.

Richard trat an das Fenster und blickte hinüber, wo in etwa zwei Kilometern Entfernung der Waldrand gerade noch so zu erspähen war.

Das Naturschutzgebiet, das hinter dem Teich begann und sich weit über sanfte Hügel erstreckte, war riesig. Eine Hundertschaft Polizisten konnte da monatelang darin suchen und würde das Versteck der Frau niemals finden.

Richard erinnerte sich daran, dass er in der Schulzeit mit Simone und den Eltern da oft darin Pilze gesucht hatten.

Zum Teil wirkte das wie der Urwald am Amazonas und nicht wie ein Park mitten in Deutschland!

Die letzten Sonnenstrahlen trafen gerade die Baumkronen.

Vor einiger Zeit hatte er eine Dokumentation über Wolfskinder gesehen. Verstoßene Kinder, die in irgendeiner Wildnis ohne jeglichen menschlichen Kontakt von Wölfen oder anderen wilden Tieren aufgezogen worden waren.

Tarzan fiel ihm da wieder ein. Als Kind hatte er diese Geschichte geliebt. Der Held des Dschungels und seiner Kindheit war bei Gorillas aufgewachsen!

Versonnen blickte Richard zum Bücherregal.

Aber Ariana war da ganz anders. Sie bewegte sich anmutig, konnte sprechen und schien auch sehr gepflegt zu sein.

Sie war keine Wilde im Lendenschurz, die sich im Dschungel an der Liane von Baum zu Baum schwang!

War sie nur einfach eine Obdachlose, die sich solch eine Geschichte ausgedacht hatte? Oder war alles doch ganz anders?

Und was wusste er wirklich von ihr?

Eigentlich nicht viel, außer, dass sie sein Herz schon ziemlich heftig umgarnt hatte.

Konnte er ihr anbieten, bei ihm im Hause zu wohnen?

„Wo bleibst du nur?", fragte er leise und blickte zum Wald hinüber.

Falls sie einfach verschwand, oder ihr etwas passieren würde, dann wusste er nicht, wo er sie suchen sollte.

Gerade zuckte Richard bei diesem Gedanken zusammen. Da kam schon wieder diese alte Verlustangst in ihm hoch.

Er wandte sich dem Bild zu, das hinter ihm auf der Kommode stand.

Irgendwie war er über Evas Tod noch nicht hinweg. Nach über fünf Jahren tat es immer noch weh und bei dem Gedanken, Ariana eventuell nie mehr wiederzusehen, schmerzte es schon nach den paar Tagen in derselben Stärke in seiner Brust.

Die Suppe zog seine Aufmerksamkeit wieder in die Küche.

Bedächtig ging er zum Herd und rührte in dem Topf.

Eine Tomaten-Sahne-Creme Suppe köchelte, jetzt aufmerksam von ihm überwacht, vor sich hin. Ein leckerer Quarkkuchen stand zum Abkühlen schon auf dem Tresen und auch eine gute Flasche Rotwein bekam gerade die richtige Temperatur.

Christine hatte sie ihm empfohlen und auch mitgegeben. Die Barfrau war einfach ein Genie beim Wein und jeder Tipp von ihr war goldrichtig. Daher war sie ja auch bei ihm beschäftigt!

98

Mit dem Blick auf die Flasche dachte er an Felix, Christine und den Morgen zurück. War der Freund wirklich so ausgehungert nach Sex? Machte er das schon die ganze Zeit und Richard hatte es nur nicht wirklich registriert? Vielleicht war daran auch die Beziehung zu Simone gescheitert.

Die Dunkelheit senkte sich auf das Haus herab und die Lichter der Terrassenbeleuchtung flammten automatisch auf.

Nervös und aufgeregt blickte Richard immer wieder hinaus.

War es nur die Aussicht auf den Sex mit Ariana, die gerade sein Herz ziemlich schnell schlagen ließ?

Oder einfach nur die Vorfreude auf sie?

Möglicherweise beides!

Würde Ariana klingeln? Oder nur an die Scheibe der Terrassentür klopfen? Vermutlich das zweite, denn sie war am Morgen auch durch diese Tür nach draußen gelaufen.

Es wurde immer später und schon bald war es Mitternacht. Die Tomatensuppe war mittlerweile nicht mehr rettbar und völlig eingekocht. Das war mehr Ketchup als Suppe.

Stumm fluchte er vor sich hin. Was hatte er noch für die Frau zu essen? Kam sie noch? Oder war sie vor der eigenen Courage geflohen?

Momentan wanderte er zwischen Kühlschrank und Terrassentür hin und her. Nur noch etwas Käse war da, den er in kleine Stücken schnitt und mit Weintrauben schön dekorierte.

Wein und Käse, das passte.

Vielleicht noch ein Baguette und er würde leben, wie Gott in Frankreich.

Die Erinnerungen an seine Lehrzeit in Paris sausten durch seinen Kopf. Damals stand ihm die Welt offen, dann hatte er Eva am Eiffelturm getroffen und sich unsterblich in sie verliebt.

Der Krebs hatte dieses Heil zerbrochen, doch jetzt gab es mit Ariana eventuell eine neue Chance auf ein Stückchen Glück.

Ein zaghaftes Klopfen ließ ihn von seiner Arbeit aufsehen.

Ariana stand in der offenen Tür und blickte ihn mit diesen wunderschönen, glänzenden und großen Augen an.

Aller Kummer war jetzt fort.

„Komm rein! Schön, dass du da bist!", sagte er und eilte ihr entgegen.

Eine Umarmung und ein Kuss folgten.

„Könnten wir das mit dem Sex noch ein paar Tage aufschieben? Du hast mich mit deiner Beschreibung gestern ziemlich verwirrt und ich habe lange darüber nachgedacht", begann Ariana.

„Natürlich! Ich will dich zu nichts zwingen, was dir hinterher leidtut. Kuscheln und Küssen ist auch ganz ok!", setzte ihr Richard entgegen.

„Ja! Das möchte ich!", bestätigte Ariana.

Er zeigte auf das Sofa.

Wenig später saßen sie bei Baguette, Käse und Rotwein nebeneinander. Der Wein war einfach himmlisch, aber noch besser schmeckten Arianas Küsse.

„Deine Beschreibung hat mich ziemlich verwirrt!", erklärte sie erneut.

„Was war daran falsch?", wollte Richard daraufhin von ihr wissen.

„Na diese Abbildungen zum Beispiel!", entgegnete Ariana.

Richard erhob sich und holte das Buch.

Ariana suchte kurz und zeigte dann auf das nicht ganz korrekte, aber kindlich vereinfachte Bild der weiblichen Geschlechtsorgane.

„Das ist eben ein Buch für Kinder. Meine Schwester hat es mir im letzten Jahr geschenkt, damit ich es meiner Tochter irgendwann mal beibringen kann!", erzählte er und zuckte mit den Schultern.

„Schwester? Was ist eine Schwester? Das klingt putzig?", erwiderte Ariana.

„Eine Schwester ist ein weibliches Kind meiner Eltern", schilderte er ihr und sah sie fragend an. Wolle sie ihn wirklich prüfen?

„Eltern? Ach ja. Mutter und Vater! Mein Vater hat meine Mutter umgebracht!", seufzte Ariana.

Tröstend nahm er sie in den Arm. Am Tage zuvor hatte sie das noch nicht gewusst, oder ihm verschwiegen.

„Wenn das Buch nicht wirklich was taugt, dann erzähle mir, was Sex wirklich ist!", bat sie ihn anschließend.

„Wie erklärt man so etwas? Man muss es machen, um es zu verstehen!", seufzte Richard jetzt.

Grübelnd blickte er sich um, dann fiel ihm ein, dass Felix ihm einen Film mitgegeben hatte.

Aber war es wirklich eine so gute Idee, mit Ariana einen Porno zu schauen? Frauen waren ja da manchmal etwas pikiert, wenn man als Mann mit so etwas kam, aber das war wohl die einzige Möglichkeit, es Ariana zu zeigen.

Im schlimmsten Falle vergraulte er sie damit!

Richard nahm einen großen Schluck Wein, holte die CD aus dem Schrank und schob diese in den DVD-Player.

15. Kapitel

Erinnerungen und Vorfreude

*L*ange hatte Ariana gezögert und dann noch eine Weile vor dem Haus gestanden, doch gegenwärtig saß sie auf dem Sofa und starrte gebannt auf diese flimmernden Bilder.

Fernseher hatte es Richard genannt und das Geschehen darauf erinnerte sie an das, was sie gelegentlich auch im Wald am Teich beobachten konnte. Nur war sie hier viel direkter dran.

Nackte Menschen turnten in den unmöglichsten Verrenkungen miteinander und schließlich wurde das Bild schwarz.

„Das ist also Sex? Kann ich das noch mal sehen, wo die Zenzi mit dem Dieter nackt über den Hof gehüpft ist?", fragte sie.

Richard sah sie entgeistert an.

Gespannt rutschte sie ein Stück näher, als das Bild wieder aufleuchtete und Richard die richtige Stelle suchte. Die Menschen bewegten sich jetzt viel schneller und das sah noch viel komischer aus.

Ariana musste dabei lachen und schließlich stoppte das Bild.

„Also wenn das da wirklich Sex sein soll, dann möchte ich das nicht wirklich wissen!", seufzte Ariana, als die Szene erneut begann.

„Das wäre mir viel zu anstrengend!", setzte sie noch hinzu und lehnte sich zurück.

„Dann doch lieber das Buch!", erklärte sie noch und zog das Büchlein zu sich.

Richard schaltete den Fernseher ab und wandte sich ihr wieder zu.

„Man muss es erlebt haben, um es zu verstehen!", erzählte der Mann.

„Du hast schon ein Kind! Du hast es also erlebt! Beschreibe es mir", forderte sie ihn auf.

Augenblicklich sah Richard noch verwirrter aus und sie wartete auf seine Erklärung.

„Beschreiben? Wie beschreibt man so etwas?", entgegnete er.

Er nahm das Weinglas vom Tisch und hielt es ihr hin.

„Trink und beschreibe mir den Geschmack, wenn ich noch nie Wein getrunken hätte. Wie macht man das? Oder wie erklärt man jemanden, der noch nie eine Blume gesehen hat, was eine Blüte ist?", erläuterte Richard.

Daraufhin begann auch Ariana zu grübeln. Vermutlich hatte Richard abermals die Wahrheit gesagt.

Man musste es erleben, aber noch war nicht Vollmond. Nach Lunaras Beschreibung sollte es an jenem Abend so unbeschreiblich schön sein und sie wollte unbedingt darauf warten!

Allerdings waren auch diese Küsse sehr schön und die konnte sie schon vorher genießen.

„Gib mir noch ein paar Nächte Zeit!", flüsterte sie und kostete erneut den Geschmack seiner Lippen.

Dafür konnte man sterben!

„Ich gebe dir alle Zeit der Welt dafür", hauchte Richard.

„Nur bis zum Vollmond!", entgegnete Ariana.

„Du bist doch aber kein Werwolf? Oder?", fragte Richard nach.

„Was ist ein Werwolf?", erkundigte sich Ariana.

Richard erhob sich vom Sofa, suchte im Schränkchen nach einem anderen Film und schob diesen in den Fernseher.

Zu lauter Musik tanzten da Menschen und dann verwandelte sich einer davon in eine seltsame Gestalt.

„Nein! So etwas bin ich nicht! Ich bin eine der letzten meiner Art!", erklärte Ariana und der Fernseher erlosch erneut.

„Gib mir einfach noch diese paar Tage!", setzte sie hinzu und sah nach draußen, wo der fast volle Mond gerade hinter den Bäumen versank.

Richard nahm ihr das Buch aus der Hand.

„Ich würde dich gern morgen Abend meiner Schwester vorstellen", sagte er.

Erschrocken zuckte Ariana zurück.

Noch mehr Menschen sollten von ihrer Existenz wissen? Wollte sie das wirklich?

„Ich koche etwas Schönes, wir trinken Wein und plaudern", setzte er noch hinzu.

Grübelnd blickte sie Richard an. Sollte sie sich darauf einlassen? Aber dabei würde sie ja der Schwester nicht verraten müssen, dass sie eine Nixe war.

Zögerlich nickte sie.

„Und deine Tochter? Stellst du die mir auch vor?", erwiderte sie und tippte auf das Buch.

„Ja! Aber nicht morgen Abend", entgegnete Richard und brachte das Buch zurück.

Kurz darauf war er wieder bei ihr und dieser wundervolle Kuss erhielt eine Fortsetzung.

„Obgleich wir mit dem Sex noch warten wollen, kann ich doch aber dennoch zärtlich zu dir sein. Oder?", hauchte Richard und strich ihr über den Hals.

Seiner Nähe und dieser Aufforderung konnte sie sich nur schwer entziehen.

„Natürlich gern! Kann ich vorher duschen?", fragte Ariana zurück.

Richard hob sie auf seine Arme und trug sie bis in das Zimmer, in dem die Dusche in der Ecke stand.

„Wie wäre das, wenn wir beide zusammen duschen würden?", befragte er sie.

„Natürlich! Es ist ja deine Dusche", entgegnete Ariana.

Im Bruchteil eines Wimpernschlages waren sie beide nackt und unter dem Wasserstrahl. Der war dieses Mal sogar ganz warm.

Eng umschlungen standen sie dort und die Tropfen streichelten ihre Haut. Es fühlte sich schön an. Waren das schon die Vorboten des Vollmondes? Oder einfach nur dieses wunderschöne Gefühl der Geborgenheit?

Ariana wusste es nicht und genoss es einfach.

Richard streichelte sie und eine Wolke aus Wasserdampf hüllte sie beide ein. War das Lunaras Werk? Überall, wo Wasser war, da war auch die Mondgöttin nicht weit entfernt.

Es fühlte sich an, als ob unzählige Hände über ihren Körper glitten und dann durchlief sie abermals dieses wohlige Prickeln.

Auch Richard schien diese Nähe zu erregen und sein erigiertes Glied drückte sich gegen sie.

Aufmerksam betrachtete sie es. Es war nicht so lang und dick wie ihr Unterarm und Widerhaken besaß es auch nicht. Es hatte eine angenehme Länge und Größe, aber als sie danach greifen wollte, entzog sich Richard ihr.

„Heute bist du dran!", säuselte er ihr ins Ohr und küsste die Seite ihres Halses.

Anschließend streichelte er ihre Brüste und das Kribbeln wurde nur noch viel stärker.

Schließlich kniete Richard vor ihr, schob ihr die Schenkel auseinander und vergrub sein Gesicht in ihrem Schoß.

Für einen Moment verschlug es ihr die Sprache. Würde er den Unterschied an ihrem Schoß bemerken? Hier, im Licht? Er war nur winzig, aber dennoch sicherlich bemerkbar.

Vielleicht war Richard auch einfach zu nahe dran, denn er sagte nichts, sondern begann abermals ihren Leib dort unten in dieser unglaublichen Leichtigkeit und Sanftheit zu betasten.

Ariana schloss die Augen, schaltete den Kopf ab und verdrängte die Angst.

Alles in ihr begann sich wieder zusammenzuziehen und schließlich löste sich diese Anspannung mit einem gewaltigen Schrei.

Richard erhob sich und sie hing schnaufend in seinen Armen.

Diese Nähe tat so unglaublich gut.

Einen Moment später stellte er das Wasser ab und trocknete sie behutsam ab. Wie ein sanftes Streicheln war das auf ihrer immer noch ziemlich erregten Haut.

Mit zitternden Knie trat sie aus dem Raum und ihr Blick fiel auf das große Fenster. Das erste Licht des neuen Tages drängte sie zum Aufbruch.

„Ich muss fort! Bis heute Abend!", stieß sie aus und rannte nach einem letzten Kuss davon.

16. Kapitel

Übung macht den Meister

*D*er neue Tag begann für Richard wieder, wie der davor. Und auch für Felix glich der Tagesbeginn dem gewohnten Ablauf, nur dass es diesmal Gisel, die Hilfsköchin war, die vor ihm auf dem Tresen saß.

Die Hose der Frau lag zusammengeknüllt auf dem Boden und nach ihrem Gesichtsausdruck genoss sie gerade die gesamte Länge, die Felix ziemlich schwungvoll in sie trieb.

Die beiden schnauften sehr ekstatisch und daher wollte er sie auch nicht stören. Und die Arbeitszeit begann für die beiden ja auch erst in einer halben Stunde!

Richard kontrollierte in dieser Zeit die Bücher des Vorabends. Es schien ein lukrativer Abend gewesen zu sein, denn die Einnahmen waren ziemlich gut gewesen.

Gisel kam mit einem lauten Schrei und erinnerte ihn dabei an Ariana, die den Tag in einer ähnlichen Art begonnen hatte.

Nachdem die Hilfsköchin, jetzt mit einer Hose am Leib, neben ihm vorbei nach draußen zur Raucherpause geeilt war, trat Felix pfeifend zu ihm.

„Machst du noch etwas anders, als das da?", fragte Richard und zeigte auf den inzwischen leeren Tresen.

„Natürlich", entgegnete der Freund und tippte auf die Summe im Kassenbuch.

„Erfolgreicher Abend und erfolgreiche Nacht. Der Präsident des Golfclubs hatte Geburtstag und hat sich nicht lumpen lassen. Auch das Trinkgeld war ansehnlich!", erklärte Felix.

„Ach ja! War es mal wieder so weit?", entgegnete Richard und klappte das Buch zu.

„Und deine Nacht?", fragte Felix.

„Auch ganz gut. Sie hat deinen Film sehr interessiert verfolgt!", erklärte Richard.

„Der Film war eigentlich für dich, damit du etwas daraus lernen kannst. Du weißt doch noch, wie es geht? Oder?", stichelte der Freund.

Offenbar sah Felix ihm jedoch an, dass es wieder nicht so wirklich geklappt hatte, doch trotzdem war es mehr als schön gewesen.

„Deine Drei-Date-Regel funktioniert nicht immer. Ariana will noch mehr Zeit haben", erklärte er, als ob er sich dafür rechtfertigen müsste.

„Wenn du bis dahin was zum Üben brauchst, dann rede ich mal mit Gisel!", entgegnete Felix und schlug ihm lachend auf die Schulter.

„Benutzt du eigentlich Kondome?"

„Kondome sind was für Anfänger! Ich habe mir vor ein paar Jahren die Samenleiter durchtrennen lassen!", erklärte Felix wie beiläufig und sortierte die Messer auf dem Tisch.

„Hat es deshalb bei dir und Simone nicht funktioniert?", erkundigte sich Richard jetzt.

„Das war was anderes! Simone wollte eine feste Bindung und ich eher etwas Offenes, Unverbindliches!", antwortete der Freund.

„Also was ist? Soll ich Gisel fragen? Noch hat die Arbeit nicht begonnen?", setzte Felix nach.

„Nein danke! Sie würde mich nur mit dir vergleichen und da könnte ich nur verlieren!", erklärte Richard und hielt eine ziemlich große Karotte hoch.

„Auch wieder wahr!", entgegnete Felix mit einem Grinsen im Gesicht.

„Machst du heute Abend wieder eher Schluss?", fragte der Freund noch.

Richard nickte und antwortete: „Ich möchte meiner Schwester ihr Leibgericht kochen und ihr dabei Ariana vorstellen."

„Demzufolge ist es also schon was Ernstes mit dir und Ariana? Schade! Ich habe mich gerade darauf gefreut, eventuell etwas mit ihr anzufangen. Eine Frau, die Pornos guckt, hätte ich auch nicht von der Bettkante geschubst!", bemerkte Felix und ging pfeifend nach draußen zum Raucherplatz.

Schweigend sah Richard dem Freund nach. Hatte Felix recht? Womöglich, denn wenn er Ariana Simone vorstellte, oder umgekehrt, dann würde er sicher auch die Antwort der Schwester erhalten.

Vermutlich ahnte Simone schon lange etwas. Was würde sie sagen? Und was würde er tun, wenn Simone die inzwischen zur Geliebten gewordene Frau ablehnte?

Vorausgesetzt, Simone sagte ja, dann lag die nächste Hürde bei Naomi!

Jetzt blieb ihm aber erst mal der Abend und noch hatte er Ariana nichts versprochen.

Nur unverbindlichen Sex in der Vollmondnacht und den konnte er mit ihr auch haben, wenn die Schwester Ariana ablehnen würde!

Gisel kam von draußen herein und warf ihm so einen seltsamen Blick zu.

Er mochte die junge Frau, aber er war ihr Chef. Dass Felix mit ihr seine Zeit vertrödelte, das war die Sache des Freundes. Der war zwar Teilhaber an dem Restaurant, aber eben nur zu 49 %.

Gisel trat an ihren Platz und blickte aber dennoch weiterhin zu ihm herüber. Hatte Felix etwas zu ihr gesagt? Das wäre ihm peinlich.

Richard erwiderte ihren Blick. Gisel war wirklich hübsch und würde es in der Branche mal weit bringen.

Sie hatte das, was auch er am Anfang gehabt hatte. Dieser Sinn für verschiedene Geschmacksrichtungen. Sie wollte auch probieren und Gerichte erfinden.

Sollte er darüber mit ihr reden? Oder spekulierte sie gerade auf eine Beförderung?

Natürlich hatte er Ariana nichts versprochen und war ihr damit auch nicht untreu, aber sollte er einfach zu Gisel hinübergehen?

Sex am Arbeitsplatz wäre zwar ok, aber zwischen Chef und Untergebener? Das barg eine gewisse Art von Zündstoff in sich.

Richards Blick fiel wieder auf die Karotte vor ihm. Hatte der Freund übertrieben? 25 Zentimeter waren mehr als riesig! Dagegen konnte jeder andere Mann nur verlieren!

Abermals hob er den Kopf und blickte zu Gisel. Sie hatte seinen vorherigen Blick offensichtlich bemerkt und lächelte schelmisch.

Schlendernd kam sie zu ihm herüber und sagte mit diesem unvergleichlichen französischen Akzent: „Ein großer Schwanz tut manchmal weh! Es sind die kleinen, welche die Lust bringen!"

Offenbar hatte sie aus seiner Kopfbewegung den richtigen Schluss gezogen.

Seit mehr als einem halben Jahr arbeitete sie jetzt schon hier und bisher war ihm diese Seite der jungen Frau verborgen geblieben.

Lächelnd und schlendernd, setzte sie ihren Weg zur Topfküche fort.

An der Tür angekommen warf sie ihm einen Blick über die Schulter zu, der Sahne sofort hätte steif werden lassen.

Der Augenaufschlag ließ seine Hose eng werden. Dem konnte er sich jetzt nicht mehr entziehen und als er kurz nach ihr den Raum betrat, saß sie schon ohne Hose, mit übereinandergeschlagenen Beinen auf dem Abstelltisch. Da brauchte es kein Wort!

Richard trat zu ihr und alles war gesagt, als sie die Schenkel öffnete und danach den Reißverschluss seiner Hose herunterzog.

Stöhnend warf sie den Kopf zurück, als er in ihren Schoß stieß.

Es war eine schnelle Nummer und dennoch kam Gisel schnaufend zum Höhepunkt, kurz bevor er sich aus ihr zurückzog und in einem Mülleimer ergoss.

„Schade drum!", seufzte die junge Frau und zog sich die Hose wieder über.

„Nicht schlecht!", setzte sie noch hinzu und gab ihm einen flüchtigen Kuss.

Die Geräusche von draußen kündeten vom Arbeitsbeginn.

Gisel verließ den Raum und er wartete noch ein paar Minuten. Der Sex war schnell und dennoch gut gewesen. Hatte ihm das die ganze Zeit gefehlt? Irgendwie schon.

Damit galt es, den Abend vorzubereiten.

17. Kapitel

Kaffee und Kuchen

Simone nagelte ihren Bruder regelrecht mit ihren Blicken an die Küchenwand. „Also? Wer ist sie?", fragte sie, denn dass Richard sie einfach so zu ihrem Leibgericht mit Käsespätzle eingeladen hatte, nachdem er ihr zwei Tage lang Naomi überlassen hatte und das ohne Hintergedanken, das konnte sie sich nicht vorstellen.

Richard wich ihr dennoch aus.

„Raus mit der Sprache? Kenne ich sie?", drängte sie entschlossen nach.

„Ähm, nein! Du kennst sie nicht!", entgegnete er nur kurz und widmete sich abermals dieser herrlich duftenden Pfanne.

So leicht wollte sie ihn allerdings nicht davonkommen lassen!

„Weißt du, wie viele Folgen diese Geschichte von Arielle hat? Wenn ich noch mal etwas von einer Nixe höre, dann laufe ich schreiend davon!", erklärte sie und blickte den Bruder fordernd an.

„Du wirst sie ja dann kennenlernen. Ich habe sie ebenfalls zum Essen eingeladen!", antwortete Richard.

Also war es etwas Ernstes! Und das nach nur zwei Nächten? Das schrie nach noch mehr Informationen!

„Wer ist sie, was macht sie, wo kommt sie her?", fragte sie.

„Du klingst fast wie unsere Mutter bei meiner ersten Freundin!", entgegnete er.

„Bei Bärbel? An die kann ich mich noch erinnern! Eure Zahnspangen hatten sich verhakt und ich musste euch helfen! Das war so eklig!", erzählte sie und hatte wieder das Bild der zwei aneinanderhängenden Menschen vor sich.

„Sie heißt Ariana, wohnt im Wald und kann weder lesen noch schreiben!", erzählte Richard jetzt von sich aus.

Eine Obdachlose? Eine Frau, die sich offenbar an Richard und sein Vermögen heranmachen wollte? Das musste Simone unbedingt verhindern! Nach fünf Jahren der Abstinenz und Enthaltsamkeit hatte die Frau wohl ein leichtes Spiel gehabt und ihn mit ihren Reizen umgarnt.

Jetzt konnte sie es nicht mehr erwarten, Ariana kennenzulernen und ihr vor Richard die Maske vom Gesicht zu reißen.

Obwohl Richard es hasste, angelte sie mit den Fingern etwas Käse aus der Pfanne.

„Hmmm! Lecker!", stellte sie fest, als der warme Käse ihren Gaumen umschmeichelte.

Es war ja auch kein Wunder, weil Richard der beste Koch war, den sie kannte.

116

„Wann kommt sie? Ich habe Hunger!", erklärte Simone.

Leise klopfte es an der Terrassentür und Richard sagte: „Jetzt!"

Simone drehte sich um und Ariana trat fast schüchtern in den Raum.

Sie trug ein kurzes Sommerkleid, das schon bessere Zeiten gesehen hatte, war barfuß und ihre langen braunen Haare waren in beinahe endlose Locken eingedreht.

Das Sonderbarste an ihr waren aber die großen dunklen Augen. Sie waren wirklich gigantisch und erinnerten Simone an die Bilder in den Mangas, die sie als Kind regelrecht verschlungen hatte.

So ähnlich sahen damals immer die Prinzessinnen darin aus.

Richard trat zu ihr und gab ihr einen Kuss, der Ariana aber anscheinend etwas peinlich zu seinen schien.

„Guten Abend", sagte Ariana mit einer melodischen Stimme.

Simone trat auf sie zu und gab ihr die Hand.

Nur zögerlich griff Ariana zu.

Wenig später saßen sie am Tisch und Ariana schaute ihr direkt in die Augen. Der leicht schräg gehaltene Kopf und die nervöse Bewegung, mit der sie ihren Locken auf ihren Finger drehte, ließen langsam Simones Widerstand schrumpfen.

Diese Frau war natürlich, wunderschön, zauberhaft und faszinierend.

Und diese Augen zogen Simone in ihren Bann!

Richard holte die Teller und dieser Wohlgeschmack stimmte Simone noch milder.

„Du lebst also im Wald?", fragte sie zwischen zwei Gabeln Käsespätzle.

„Irgendwie schon!", entgegnete Ariana mit vollem Mund.

„Mein Vater hat meine Mutter getötet und ich war damals noch zu klein, um eine andere Behausung zu wählen!", erklärte Ariana, nachdem sie heruntergeschluckt und mit einem Schluck Wein nachgespült hatte.

Augenblicklich wollte Simone alles wissen, aber Arianas Antworten waren sehr spärlich und zögerlich.

Nach diesem wundervollen Mahl half Simone Richard beim Abräumen der Teller. Am Herd stehend blickte sie zu Ariana zurück, die in der Stube am Fenster stand.

„Sie ist faszinierend! Halte sie gut fest, denn wenn du sie nicht nimmst, dann schnappe ich sie mir!", flüsterte Simone ihrem Bruder ins Ohr.

Es sollte ein Scherz sein, aber irgendetwas fesselte sie gerade an diese entzückende Frau da drüben.

Richard nickte nur stumm.

Mit dem warmen Apfelkuchen in der Hand ging Simone zurück zum Tisch und stellte das Backwerk darauf ab.

Richard kochte Kaffee.

In dieser Zeit trat sie zu Ariana, die immer noch am Fenster stand.

„Was ist das denn hier?", fragte Ariana und hob den Kaktus an.

„Bei Richard gehen alle Pflanzen ein. Ich habe ihm deshalb im letzten Jahr diesen Kaktus geschenkt! Der hält anscheinend besser durch, aber außer mir gießt den sicherlich keiner!", erklärte Simone und stellte den Topf zurück auf das Fensterbrett.

„Kaffee und Kuchen!", rief Richard vom Tisch aus.

„Kaffee?", erwiderte Ariana fragend.

„Ja! Der ist lecker! Versuche es mal!", erzählte Simone und ging auf ihren Platz zurück.

Auch der Kuchen war ein Gedicht.

„Heute kein Schokoladenpudding?", erkundigte sich Ariana und blickte sich suchend um.

„Nein! Heute nicht! Morgen wieder!", entgegnete Richard.

„Versprochen?", fragte Ariana mit einem wundervollen Augenaufschlag.

Richard nickte nur.

„Was hast du denn im Wald gegessen?", befragte Simone jetzt die Frau.

„Gras, Schilf, Wurzeln, Beeren und alles, was da so wächst, aber bei Richard schmeckt es einfach viel besser!", antwortete Ariana und leckte genüsslich die Kuchengabel ab.

„Das kann ich mir vorstellen!", entgegnete Simone und nahm sich ein neues Stück von dem köstlichen Apfelkuchen.

„Wo ist eigentlich Naomi heute Abend? Die liebt doch auch deinen Apfelkuchen", erkundigte sich Simone.

„Die ist bei ihrer Schulfreundin Ricarda und wird dort übernachten. Die sehen jetzt sicherlich wieder Trickfilme von Arielle", erklärte Richard.

„Hör auf! Ich kann diese Nixe nicht ausstehen!", brach es überlaut aus Simone heraus.

Ariana zuckte erschrocken zusammen und ihre Kuchengabel fiel auf den Boden.

„Entschuldige", sagte Simone und eilte in die Küche, um ein neues Besteck für Ariana zu holen.

„Kann ich noch einen solchen Kaffee haben? Der prickelt so schön auf meiner Zunge", rief Ariana ihr hinterher.

Schnell waren die Tassen unter der Maschine und die Taste gedrückt.

Blubbernd floss der Kaffee in das Gefäß.

Nachdem Ariana die Tasse ausgetrunken hatte, erklärte sie: „Ich würde jetzt gern gehen!"

„Ich dachte, du bleibst noch bis morgen früh!", äußerte Richard sichtlich enttäuscht.

„Nein! Ich muss gehen!", drängte Ariana und verabschiedete sich beinahe überstürzt von ihm.

Ein Gedanke zuckte durch Simones Kopf: Sie wollte wissen, wohin Ariana wirklich ging.

Nachdem die Frau den Raum verlassen hatte, verabschiedete sie sich ebenfalls schnell von ihrem Bruder und rannte Ariana hinterher.

18. Kapitel

Flüstern im Schilf

Richards Schwester Simone war wirklich schön und trug ein sehr hübsches Kleid. Ariana saß ihr gegenüber und konnte keinen Blick mehr von ihr lassen.

Es waren nur noch ein paar Tage bis zum Vollmond und das Verlangen brandete unablässig durch Arianas Leib.

Obwohl sie bis zu dieser Nacht des vollen Mondes nach Mittsommer warten wollte, hätte sie ohne Simones Anwesenheit in dem Raum sicherlich bereits jetzt sich und Richard die Kleidung vom Leib gerissen.

Nur schwer konnte sie ihre umherwirbelnden Emotionen im Griff behalten und daher konzentrierte sie sich auf das zweifellos köstliche Essen.

Aber sie hatte jetzt auch noch diese seltsame Pflanze ständig im Blick, die hinter Simone am Fenster stand.

Simone hatte gesagt, dass es ein Kaktus war. Er war gerade gewachsen, hatte die Länge und den Umfang ihres Unterarmes und war mit kurzen Stacheln besetzt.

Diese Pflanze schrie sie jetzt auch noch scheinbar an, doch warum war ihr diese Stachelpflanze in den Nächten zuvor nicht aufgefallen?

Kaffee und Kuchen waren ebenfalls köstlich und sie trank noch eine zweite Tasse, aber dieses Getränk versuchte gerade ihre Beherrschung zu unterlaufen.

Sie musste unbedingt von hier fort, bevor die ganze Situation völlig eskalierte!

Nur noch ein paar Augenblicke und sie würde über Richard, Simone und den Kaktus herfallen.

Schweren Herzens riss sie sich daher von Richard los, aber der Abschiedskuss war mehr ein inneres Versprechen auf unbändige Lust und Erfüllung!

Noch schwerer konnte sie danach allerdings die Wohnung verlassen.

Einen Moment stand sie noch auf der Terrasse und blickte zu der stacheligen Pflanze hinein, bevor sie sich zwang, ihren Weg zum Teich zu beginnen.

Der kühle Nachtwind besänftigte ihr erhitztes Gemüt und die Ferne zu Richard ließ ihr kochendes Blut wieder etwas zur Ruhe kommen.

In ihren Gedanken versunken schlenderte sie durch die laue Sommernacht.

Es war noch viel Zeit, bevor der nächste Tag beginnen würde und ihre Grübeleien waren erneut bei dem Treffen am Abend.

Der seltsame Ausbruch von Simone bei der Erwähnung einer Nixe durch Richard war ihr sofort aufgefallen.

Für einen Moment hatte sie sich ertappt gefühlt, bevor sie durch den Nebel der Glücksgefühle hindurch die Klarheit wieder zurückgefunden hatte. Und auch dieser stachelige Kaktus ging ihr weiterhin nicht mehr aus dem Sinn.

Der Mond beleuchtete ihren kurzen Weg und im Wald würde sie unbedingt mit Lunara reden müssen.

Statt weniger Fragen zu haben, wurden es mit jedem Abend und jedem Kuss immer nur noch mehr!

Vor allem, weshalb dieses starke Gefühl gerade in diesem Jahr so durch ihren Körper brandete. In den sechshundert Jahren zuvor war ihr da gelegentlich nur etwas schwindlig gewesen.

In ihrer momentanen Verfassung war wohl gerade kein Mann mehr vor ihr sicher. Wo war ihre Willensstärke hin? Freilich noch nicht weit fort, wenn sie noch über deren Fehlen nachdenken konnte.

Endlich war die Bank erreicht, sie setzte sich und rief laut: „Lunara!"

Es dauerte einen Moment, bis die Mondgöttin in einem wundervollen silbern glänzenden Kleid erschien und sich zu ihr setzte.

„Was ist mit mir los? Warum ist das dieses Jahr so schlimm?", fragte Ariana die Freundin.

„Du bist rollig! Das ist mit dir los!", gab ihr Lunara lapidar zurück.

„Ja! Aber warum nicht vorher? Warum erst dieses Jahr?"

„Es hat sicher mit Richard zu tun! Auch eine Katze braucht ihren Kater, an dem sie sich reiben kann!", erklärte Lunara und lehnte sich auf der Bank zurück.

„Ich glaube, ich verliere den Verstand!", seufzte Ariana.

„Ja! Natürlich! Das ist doch der Sinn dahinter! Bei klarem Verstand hätte sich keine Nixe jemals auf einen Wassermann eingelassen! Nur im Rausch der Lust waren der Schmerz und die Angst fern!", entgegnete die Göttin.

„Also ist das ganz normal, dass ich wahnsinnig werde?", fragte Ariana nach.

Lunara nickte stumm.

„Na wenigstens ist das in der nächsten Woche wieder vorbei!", stöhnte Ariana und setzte hinzu: „Ich hätte mich vorhin fast willentlich auf einen Kaktus gesetzt!"

„Das hätte wenigstens deinen Eisprung ausgelöst!", entgegnete Lunara und verkniff sich hörbar nur mühsam das Lachen.

„Muss der eigentlich sein, bevor der Samen in mir ist? Oder danach?", erkundigte sich Ariana jetzt.

„Eigentlich direkt dabei, aber du hast ein paar Stunden dafür Zeit!", erklärte Lunara.

„Du willst das wirklich tun?", fragte Lunara wenig später nach.

„Wenn ich schon Richard nicht haben kann! Du hast gesagt, es könnte gehen und ich bin oft so einsam hier. Besonders im Winter in meiner Höhle unter dem Eis!", erzählte Ariana und erhob sich von der Bank.

Der Wind der Nacht fuhr in das Schilf neben der Bank und ließ es sich bewegen. Es klang wie ein gehauchtes Flüstern. Das waren vertraute Klänge und die Frösche waren heute seltsam stumm.

Ihr Blick wanderte über die gekräuselte Wasseroberfläche und ein Knacken im Gehölz ließ sie sich umsehen. Da war eine Bewegung hinter einem Busch gewesen.

„Wir werden belauscht!", flüsterte sie Lunara ins Ohr.

Die Göttin warf einen flüchtigen Blick über ihre Schulter.

„Das ist Simone! Richards Schwester!", wisperte Ariana weiter, als sie das Kleid erkannte.

Die Göttin blickte erneut unauffällig dorthin.

„Bitte lass mich mal machen!", säuselte Lunara und setzte sehr laut hinzu: „Wir sollten jetzt eine Runde schwimmen gehen!"

Dann erhob sie sich, streifte sich das Kleid vom Leib, hängte es sorgfältig über die Lehne der Bank und ging zum Teich.

Ariana blickte ihr sorgenvoll nach. Was hatte Simone schon gehört?

„Komm schon!", rief Lunara und hielt ihr die Hand einladend entgegen.

Ariana hängte ihr Kleid zu dem der Göttin und folgte ihr.

Fast lautlos schwammen sie nebeneinander bis zur Mitte des Teiches. Dort wandte sich Ariana der Göttin zu.

„Ich weiß nicht, wie lange sie dort schon gestanden hat und was sie gehört hat. Sie war uns ziemlich nahe!", erklärte sie leise.

„Ich kümmere mich um sie!", antwortete Lunara.

„Aber bitte tue ihr nicht weh! Ich mag sie!"

„Das lag nicht in meiner Absicht! Aber dein Verstand funktioniert immer noch tadellos!", erwiderte Lunara schmunzelnd.

„Ich schwimme zu ihr zurück und du zum anderen Ufer. Dort tauchst du dann zu deiner Höhle hinab und ruhst dich etwas aus. Ich wünsche dir einen guten Schlaf und mach dir nicht so viele Gedanken! Genieße dein Leben!", flüsterte die Mondgöttin.

Ihre beiden Wege über das Gewässer trennten sich.

Lunara schwamm jetzt viel lauter zurück.

Was hatte die Göttin mit Simone vor?

Einen kurzen Moment wartete Ariana, dann schwamm sie zum anderen Teichufer und tauchte von dort zu ihrer Behausung auf den Grund des Gewässers.

Eingerollt in ihrer Höhle dachte sie an diesen Abend und grübelte über die Worte der Göttin nach.

Noch immer sausten diese seltsamen Gelüste durch ihren Leib, aber nach Lunaras Aussage war das wohl völlig normal.

Der Mond hatte das zusammen mit Richards Küssen in ihr bewirkt.

Wann war endlich Vollmond?

Noch drei Nächte oder nur noch zwei? Wenn sich ihr Zustand noch weiter verschlimmerte, dann würde am Vollmondtag wohl Richards Kleidung in Fetzen gehen!

Verlangend streichelte sie sich, um diese ungeheure Anspannung endlich wieder loszuwerden.

Abermals verfiel sie in Grübeleien.

Richard würde ihr seinen Samen überlassen und der Kaktus würde für den Eisprung sorgen!

Aber war diese Höhle eigentlich nicht viel zu klein für sie und ein Kind?

Sie musste verrückt sein! Verrückt vor Lust!

Ariana streichelte sich weiter, dachte dabei an Richard und schließlich kam sie schnaufend.

19. Kapitel

An der Nymphenquelle

Ariana zu verfolgen war nicht so schwierig, denn erstens schlenderte die Frau einfach vor Simone her und achtete offensichtlich nicht auf ihre Umgebung und zweitens hatte sie schon vorher erzählt, dass sie in der Nähe jenes kleinen Waldteiches lebte, den Simone aus der Jugend nur zu gut kannte.

Die Neugier zog sie einfach hinter Ariana her, denn sie wollte wissen, wie die Frau dort lebte und was sie so im Wald tat.

Arianas Ausführungen beim Essen waren eher vage gewesen. Und Richard war auch nicht viel gesprächiger gewesen. Vermutlich wusste der Bruder aber nicht viel von ihr.

Die Erscheinung und Ausstrahlung von Ariana zogen Simone jedenfalls einfach nachts in den Wald!

Es war verrückt und dennoch hatte sie keine Angst davor, alleine in den finsteren Laubwald zu gehen.

Hatte sie zu Beginn des Abends Ariana noch aus Richards Leben vertreiben wollen, so war da jetzt ein gänzlich anderes Gefühl in ihrer Brust.

Sie mochte Ariana, obwohl sie die Frau zuvor nicht gekannt hatte. Und eigentlich immer noch nicht kannte!

Würde diese irrwitzige Verfolgung für etwas mehr Klarheit sorgen?

Es musste schon fast Mitternacht sein und der Mond leuchtete auf den Weg herab, zumindest so lange, wie sie sich beide noch auf dem Weg vor dem Wald befanden.

Simone blickte voraus und erinnerte sich. In diesem Waldteich hatte sie sogar schon einmal nachts gebadet, aber da war sie noch viel jünger gewesen.

Damals, als Teenager, hatte sie sich keine Gedanken darum gemacht, was wohl im dunklen Wald passieren konnte.

Nachts, für eine Frau alleine!

Es war die Unbekümmertheit der Jugend gewesen. Dieses noch nicht um die Gefahren der Welt wissen!

Allerdings war ja auch Ariana hier und ein Schrei würde reichen, dass sie ihr zu Hilfe kam. Oder umgekehrt.

Und die andere Frau lebte ja dort! Sicherlich wusste sie daher viel besser um die Wagnisse in der Dunkelheit Bescheid.

Simone schloss dichter zu ihr auf, war aber immer noch so weit entfernt, dass Ariana sie hoffentlich nicht hören würde.

Es wäre Richard nur schwer zu erklären, warum sie seine Freundin nachts verfolgte.

Schließlich hüllte sie die Dunkelheit ein und Simone schlich auf Zehenspitzen weiter. Die Schuhe störten allerdings dabei und so zog sie diese einfach aus und stellte sie an einen Baum.

Auf dem Rückweg würde sie die dann wieder mitnehmen müssen und daher prägte sie sich schnell die Stelle ein.

Der kurze Moment der Unachtsamkeit hatte allerdings gereicht, dass sie Ariana aus den Augen verloren hatte.

Jetzt musste sie vorsichtiger zum Teich schleichen und hoffen, dass sie dort auf die andere Frau treffen würde.

Es war sonderbar still in dieser Nacht. Nicht mal die sonst so lauten Frösche meldeten sich heute aus dem Schilf.

Simone setzte ihren Weg fort und erreichte schon bald den Weiher.

Nach allen Seiten blickte sie sich um, aber nirgendwo sah sie Arianas Gestalt.

Schon wollte sie die Suche abbrechen und wieder zurück in die Siedlung laufen, als sie an der Seite eine Bewegung erblickte.

Vorsichtig näherte sie sich dieser Stelle.

Eine Bank stand zwischen zwei kleinen Schilfbüschen, mit ein paar Schritten Abstand zum Wasser. Es war so richtig romantisch und der perfekte Platz, falls zwei Liebende einen Ort

suchten, der nicht direkt vom Waldweg aus ein-
zusehen war.

Und richtig erkannte sie gegen den etwas hel-
leren Teich die Silhouetten von zwei Frauen, die
dort nebeneinander saßen und zum Wasser sahen.

Da Ariana ja alleine gewesen war, konnte sie
das unmöglich sein. Die beiden unterhielten sich
leise und fast wispernd.

Geräuschlos zog sich Simone zurück, als eine
der beiden Gestalten sich erhob. Die Figur konnte
die von Ariana sein und auch das Kleid sah im
fahlen Mondlicht so ähnlich aus, aber wer war
dann die zweite Frau?

Ariana drehte sich zu ihr um und Simone
duckte sich sofort hinter ein Gebüsch. Durch die
Blätter hindurch beobachtete sie weiter, wie sich
auch die andere Gestalt erhob.

Das Mondlicht glänzte auf ihrem Haar und als
sie wenig später ihr Kleid auszog, da schien ihr
gesamter Körper im Mondschein silbern zu
leuchten.

Simone konnte ihren Blick nicht mehr von der
nackten Frau abwenden.

Beide Frauen stiegen in den Teich, um darin
zu schwimmen und Simone erhob sich aus ihrem
Versteck.

Langsam trat sie bis zur Bank nach vorn, die
beiden Kleider hingen über der Lehne der Bank
und das eine davon war definitiv das von Ariana.

Hatte sie hier eine Freundin getroffen? Oder war das nächtliche Zusammentreffen nur ein Zufall gewesen?

Aber ging man da ohne Scheu einfach nackt zusammen ins Wasser?

Natürlich war es eine laue Sommernacht und wie geschaffen, um die Last und den Staub des Tages vom Körper zu spülen, aber so?

Das Kleid der anderen Frau war ein wirklich luftiger Stoff. Er glänzte und war leicht wie Seide. Viel zu kostbar wirkte dieses Gewand, als dass man es einfach so unbeaufsichtigt auf einer Parkbank zurücklassen würde.

Mit dem Kleidungsstück in der Hand blickte Simone auf die Teichoberfläche, als direkt vor ihr diese fremde Frau elfengleich wieder aus dem Wasser stieg.

Es waren keine fünf Schritte und momentan war es zu spät, um die Flucht zu ergreifen.

Gerade beleuchtete auch noch der Mond die nackte Frau und dieser Anblick war wirklich atemberaubend.

So ähnlich war das wohl in der griechischen Mythologie beschrieben, wenn eine Göttin einem Gewässer entstieg.

„Entschuldige bitte!", sagte Simone und hielt ihr das Kleid hin.

Die Frau trat auf sie zu, nahm das Kleid und warf es achtlos auf die Bank.

„Vergiss, was du zu wissen glaubst und gib dich deinem Sinnesreiz hin!", flüsterte die fremde Frau und diese Stimme war so wundervoll.

Sie küsste Simone und ein unglaubliches Glücksgefühl sauste durch ihren Leib.

❧ ❧

Die Sonne des neuen Tages weckte Simone wieder auf. Sie lag nackt an der Quelle und um sie herum waren alle ihre Kleidungsstücke wild auf der Wiese verstreut.

Noch immer brandete eine unbeschreibliche Hochstimmung durch ihren Leib und Simone glaubte, dass sie schweben könnte.

Langsam setzte sie sich auf.

Die Bäume rund um sie herum rauschten ganz leise vor sich hin und sanft wiegten sich ihre Wipfel im Wind.

Mit einem Blick auf die Armbanduhr, die sie als einziges noch am Leibe trug, stellte Simone fest, dass es gerade mal 05:15 Uhr war. Die Sonne war also erst vor kurzem aufgegangen und schien ihr durch eine Baumschneise auch weiterhin ins Gesicht.

Trotz der frühen Stunde waren die Strahlen angenehm warm. Oder war das noch ihr durch die Lust aufgeheizter Leib?

Nur langsam kam die Erinnerung zurück.

Es waren noch nicht einmal vier Stunden gewesen, aber was waren das für Stunden!

Simone spürte regelrecht, wie sie bei der Rückbesinnung zu lächeln begann.

Schwankend kam sie auf die Beine und ihre Knie waren immer noch weich.

Sie trat an die Quelle und wusch sich in dem kalten Wasser das Gesicht.

Anschließend suchte sie ihre Sachen zusammen, zog sich an und rannte zu Richard zurück.

Unterwegs nahm sie die Schuhe mit, lief aber weiter barfuß durch die mit Tau bedeckten Wiesen.

Ein unbeschreibliches Hochgefühl war in ihr.

20. Kapitel

Liebe, Lust und Leidenschaft

Gerade schien die Morgensonne durch das Fenster und weckte ihn nach einer ziemlich kurzen Nacht.

Sie war nicht ganz so gelaufen, wie Richard es sich vorgestellt hatte. Natürlich wollte er auf Ariana und ihre Wünsche Rücksicht nehmen, aber dass zuerst sie und danach auch noch die Schwester einfach so aufgebrochen waren, das hatte ihn ratlos zurückgelassen.

Was hatte er sich versprochen? Etwas kuscheln, etwas zusammen reden und dass sich Simone und Ariana vertrugen.

Letzteres war aber offensichtlich schon geschehen. Der Spruch von Simone, dass sie sich Ariana schnappen würde, wenn er es nicht tat, der war wohl ziemlich ernst gemeint gewesen.

Und dann war Simone auch noch beinahe Ariana hinterhergerannt.

Er hatte die Schwester vom Fenster aus beobachtete. Machte er sich darüber Sorgen? Nicht wirklich, denn welchen Anspruch hatte er auf Ariana? Eigentlich keinen!

Es klopfte an der Terrassentür und für einen Moment hoffte er, dass Ariana am Tage zu ihm kommen würde, doch es war Simone, die mit zerwühlten Haaren vor ihm stand.

„Kann ich bei dir duschen?", fragte die Schwester und er gab ihr wortlos den Weg frei.

„Hast du sie gefunden? Warst du die ganze Nacht im Wald?", befragte er sie, nachdem sie zusammen das Bad betreten hatten.

„Ja und ja!", entgegnete Simone und warf ihre Wäsche auf die kleine Kommode.

„Und wie war es?", horchte er sie neugierig aus, während er sich den Zahnputzbecher von der Ablage nahm.

Mit dem Griff der Tür der Duschkabine in der Hand blieb Simone nackt vor ihm stehen und ihre Augen bekamen so einen seltsamen Ausdruck.

„Diese Nacht zu beschreiben, brauchte ich tausend Sätze. Oder es reicht nur ein einziges Wort: Wow!", begann Simone und ließ den Griff los.

„Mit Ariana?", entgegnete er.

„Nein! Sie ist im Teich geschwommen. Da war noch eine andere Frau!", antwortete die Schwester und lächelte so verklärt.

„Und?", drängte er nach.

Eigentlich war es schon seltsam, hier im Bad mit der nackten Schwester über Sex zu reden, aber sie waren sich einfach viel zu nahe. Und er wollte jetzt wissen, was Simone so aus der Fassung gebracht hatte.

„Wir waren an der Nymphenquelle! Du weißt doch noch? Daraus fließt das Wasser zum Teich hinüber", fing die Schwester mit ihrer Erzählung an.

Richard erinnerte sich wieder an diese Stelle im Wald, wo ein winziges Rinnsal aus einem kleinen Felsen hervorsprang und sich in einem Becken aus Stein sammelte. Als Kinder hatten sie dort gelegentlich auch kleine Holzboote darauf fahren lassen.

„Ja!", gab er der Schwester zurück und forderte sie damit zum Weiterreden auf.

„Es war wie ein Traum, wie ein Tanz an dieser Quelle. Sie hat mich mit den Fingern gestreift und mein Blut hat begonnen zu kochen! Es war irre! Sie küsste mich nur und ich kam! Diese Frau war einfach wunderschön und ganz in Silber getaucht. Auch ihr Haar war in dieser Farbe. Das sah so ähnlich aus, wie das Silberlicht, wenn der Mond sich auf einer Wasseroberfläche spiegelt, aber es war die ganze Zeit auf ihr", begann die Schwester.

Mit fast überschlagender Stimme setzte sie kurz darauf fort: „Nach meinem ersten Höhepunkt passierte erst mal eine Weile nichts mehr viel. Wir beide standen einfach nackt an der Quelle. Wir lachen, scherzten und streichelten uns gegenseitig. Alles ganz normal, als ob wir uns schon ewig kennen würden. Es war die pure prickelnde Erotik, bloß eben mit einer Frau!"

Simone schwärmte regelrecht, betrat danach die Dusche, drehte das Wasser an und erzählte einfach weiter.

„Ich hatte das Gefühl, dieser Sex heute Nacht, war auf allen Ebenen. Körper, Geist und Seele waren dabei da. So etwas Intensives habe ich noch nie zuvor erlebt oder davon gehört", plauderte Simone.

Mit offenem Mund hörte Richard ihr zu. Offensichtlich wollte jetzt alles aus ihr raus.

Sie prustete unter der Dusche und setzte dann fort: „Es hat sicher eine Stunde gedauert, bis wir beide bekommen hatten, was wir gewollt hatten. Es war so eine Art von Megaorgasmus. Bestimmt zehnmal so stark wie alles, was ich jemals zuvor erlebt habe. Auf allen drei Ebenen gleichzeitig. Da wollte alles aus mir raus! Ich dachte, es zerreißt mich!"

Simone seifte sich ein und dabei stieß sie aus: „Oh mein Gott! Es geht schon wieder los!"

Sie stöhnte mit einem Mal mitten im Satz. Offensichtlich hatte sie die Beschreibung ihrer eigenen Lust dermaßen erregt, dass sie soeben schnaufend unter der Dusche stand.

Richard verließ schnell das Bad, aber den gedämpften Schrei ihrer sexuellen Ekstase konnte er noch durch die geschlossene Tür des Badezimmers hören.

Nachdenklich ging er in sein Schlafzimmer, um sich anzuziehen.

Als er wieder in die Küche trat, stand Simone an der Kaffeemaschine und schlürfte mit völlig verklärtem Blick ihren Kaffee.

Sie strahlte das pure Verlangen aus und er hatte in dieser Nacht nichts dergleichen erlebt.

Allerdings hatten die Schilderungen der Schwester jetzt bei ihm für eine knüppelharte Erektion gesorgt.

„Kann ich dich hier alleine lassen? Ich muss auf die Arbeit!", erklärte er noch gepresst.

Simone nickte glücklich.

Richard raste in seinem Auto zum Restaurant.

„Gisel! Bitte sei da!", sagte er wie ein Mantra ständig laut vor sich hin.

In seinem derzeitigen Zustand würde er bei einem Zusammentreffen mit Ariana am Abend wohl nicht mehr an sich halten können.

Er würde sie einfach zu Boden reißen und sich das holen, was sein zuckendes Glied gegenwärtig unbedingt haben wollte!

Richard stürmte in die Küche und Gisel war da!

Sie stand an einem Abstelltisch, war mit Vorbereitungen beschäftigt und blickte über die Schulter zu ihm zurück.

Damit sah sie auch, wie er sich die Hose öffnete und auf den paar Schritten des Weges ein Kondom über das prall geschwollene Glied zog.

Ihr Lächeln war mehr als eine Einladung.

Mit einem Ruck zog er ihr Hose und Slip bis zu den Knien herunter, drückte sie nach vorn und stieß unverzüglich in ihren Schoß.

Zwei Stöße später füllte er das Kondom und blieb keuchend auf ihrem Rücken gebeugt in ihr.

„Entschuldige bitte!", schnaufte er.

„Keine Ursache!", seufzte Gisel.

Sogleich bewegte sie ihr Becken und eine Minute später machte auch er mit, bis auch sie japsend zum Höhepunkt kommen konnte.

Der Rest des Arbeitstages war eher unspektakulär, aber das war wohl zu erwarten, wenn der Tag mit einem Höhepunkt und sexueller Ekstase begann.

Trotzdem konnte er es nicht mehr erwarten, Ariana am Abend wiederzusehen.

৵ ৵

Nachdem er später Naomi ins Bett gebracht und ihr eine Geschichte erzählt hatte, wartete er voller Ungeduld auf die Frau seiner Träume.

Endlich hörte er das mittlerweile schon so vertraute leise Klopfen an der Tür und schloss Ariana kurz darauf in seine Arme.

In einem atemberaubenden Kuss fanden sich ihre Lippen.

Mit Gisel war es die pure Lust gewesen, bei Ariana spürte er die grenzenlose Liebe in sich.

21. Kapitel

Verflixt und zugenäht!

In ihrer Behausung unter Wasser hatte sich Ariana den ganzen Tag Gedanken darüber gemacht, was wohl mit Simone geschehen war, aber Lunara hatte ihr versprochen, Richards Schwester nichts zu tun. Und Lunara war ja auch eine Göttin der Frauen.

Die Freundin hatte ihr mal erzählt, dass alle Menschenfrauen im Rhythmus ihres Wechsels lebten und dieses seltsame Buch hatte ja auch so etwas in der Art beschrieben.

Endlich war es Abend, Ariana tauchte zur Wasseroberfläche und blickte zur Mondscheibe hinauf.

Mit ruhigen Schwimmzügen glitt sie zum Ufer hinüber, stieg aus dem Wasser und suchte ihr Kleid in ihrem Versteck, doch das Kleidungsstück lag immer noch auf der Bank.

Niemand hatte sich daran gestört, dass es einfach so den ganzen Tag dort gelegen hatte.

Mit einem erneuten Blick zur fahlen Mondscheibe fragte sie sich, ob sie wohl Lunara befragen sollte, was diese mit Simone gemacht hatte, oder ob sie mit Richard darüber reden sollte.

Es zog sie jetzt allerdings schon viel zu sehr zu dem Mann. Und dabei waren es immer noch zwei Tage bis zum Vollmond!

Sie konnte es kaum noch aushalten und daher fiel die Entscheidung ziemlich schnell zu Richards Gunsten!

Durch die beginnende Nacht eilte sie dem Haus entgegen und zögerte direkt außerhalb des Lichtscheines.

Aus der Finsternis sah sie zu Richard hinüber, der hinter der Glasscheibe mehr als deutlich zu sehen war.

Ariana grübelte, ob sie ihn wirklich nach seiner Schwester befragen sollte. War das zu aufdringlich und was würde er sagen, falls etwas mit ihr geschehen war?

Sicherlich hatte er am Abend zuvor bemerkt, dass Simone ihr gefolgt war. Oder sollte sie einfach warten, bis er selbst das Gespräch auf sie brachte?

Egal! Die Zweifel wurden von diesen wohligen Sinnesreizen des Verlangens verdrängt.

Ariana eilte zur Tür, klopfte und flog in seine Arme.

Alles war gut und der Kuss war die Belohnung.

„Ich habe noch nichts gekocht. Hilfst du mir dabei?", fragte er sie, als sie sich endlich aus diesem Kuss gelöst hatte.

„Essen, Duschen und danach kuscheln im Bett?", entgegnete sie und hielt sich nur mühsam zurück.

In ihrer derzeitigen Ausnahmesituation würde es wohl kaum beim Kuscheln bleiben! Sie würde über den Mann herfallen und sich holen, was er ihr zu geben bereit war.

Richard blickte ihr tief in die Augen und dieser Ausdruck würde reichen, dass sie ihn sofort zu Boden zerren würde!

Dann nickte er und erklärte: „In der Reihenfolge!"

Er trat von ihr zurück, gab den Weg frei und zusammen gingen sie an den großen Küchentisch.

„Was kann ich tun?", fragte Ariana.

„Du könntest den Salat schneiden. Schön klein!", erklärte er ihr, schob die Schüssel, ein Brett und ein ziemlich großes Messer zu ihr herüber.

Ariana begann, hatte aber ihre Augen ständig bei Richard und seinen Bewegungen.

Ihr Blut schien in ihrem Inneren zu brodeln.

Das war nicht mehr normal, aber so kurz vor dem Vollmond war nun mal nichts mehr normal.

Langsam füllte sich die Schüssel mit klein geschnittener Nahrung.

„Du blutest ja!", bemerkte Richard plötzlich und kam auf sie zugeeilt.

Ariana blickte nach unten und sah eine kleine Blutlache, die sich auf der Oberfläche des Tisches gebildet hatte.

„Ach! Das ist nichts!", gab sie nur zurück.

„Du hast dir den halben Zeigefinger aufge- schnitten! Das muss doch höllisch wehtun?", stieß Richard aus und brachte ein Tuch zum Ver- binden.

„Nein! Es zwickt nicht mal!", gab Ariana ihm zurück.

Dem war ja auch so, denn die schmerzstillen- den Hormone wirkten hervorragend!

„Das hört gar nicht mehr auf! Ich muss mit dir ins Krankenhaus!", erklärte Richard nach einer Weile und rief seine Schwester an, damit diese sich um Naomi kümmern sollte.

Also ging es Simone gut.

Diese Frage war damit schon mal beantwor- tet!

Als Simone eintraf, brachte Richard Ariana zu seinem Auto, setzte sie hinein, legte ihr so eine seltsame Fessel um und fuhr los.

Das Tuch um ihre Hand war mittlerweile dunkelrot und Blut tropfte heraus.

„Schade um die Dusche und das Kuscheln!", seufzte Ariana.

Wo wollte Richard eigentlich mit ihr hin? Er hatte etwas von einem Krankenhaus gesagt. Sie blickte ihn von der Seite aus an und er sah be- sorgt aus.

Eigentlich hätte er sie nur zum Teich bringen müssen und Lunara hätte den Rest erledigt, doch das konnte sie ihm im Moment wohl nicht vorschlagen.

Sie seufzte abermals und lehnte sich zurück.

❧ ❧

Richard stoppte vor einem sehr großen und hell erleuchteten Haus, dann zog er sie aus dem Auto und schleifte sie hinter sich her.

Dutzende Menschen waren in einem Raum und sie wollte sofort wieder entwischen, doch Richard hatte seine Hand um ihren Arm geschlossen.

Ariana hatte keine Chance zur Flucht!

Er drückte sie auf einen Platz und rannte ziemlich aufgeregt umher. Vielleicht könnte sie jetzt unbemerkt entkommen? Doch Richard war immer mit einem Auge bei ihr.

Seufzend ergab sie sich in ihr Schicksal.

Später saß sie in einem anderen Zimmer, Richard stand neben ihr und drückte sie auf einen anderen Stuhl.

Eine in Weiß gekleidete Frau wickelte den Verband ab und besah sich die Hand.

„Das muss ich nähen!", sagte sie und fragte: „Wann hatten sie die letzte Tetanusimpfung?"

„Meine was?", fragte Ariana zurück.

„Tetanus. Wie lange ist die her?"

146

Ariana blickte Richard fragend an.

„Sicher schon länger als zehn Jahre", sagte er.

„Dann frischen wir die erst einmal auf und ich gebe ihnen dann noch eine örtliche Betäubung!", erklärte die Frau und drehte sich zu einem Tischchen um, auf dem viele glänzende Metallteile lagen.

„Sind sie eigentlich versichert?", erkundigte sie sich.

„Privatversichert. Schreiben sie mir danach eine Rechnung!", erklärte Richard.

Ariana blickte ihn fragend an.

Gerade stürzten so viele neue Dinge auf sie ein.

Noch immer spielten ihre Gefühle verrückt und eine Pritsche gab es hier ebenfalls!

Konnte die fremde Frau nicht einfach mal für eine Weile verschwinden?

„Wann sind sie denn geboren?", ermittelte die weiß gekleidete Frau jetzt.

„Am 21. März 91!", gab Ariana ihr zurück. Dass es 1391 gewesen war, setzte sie lieber nicht hinzu.

Die Frau näherte sich mit einer langen Nadel Arianas Arm und auch noch dem falschen.

„Meine Hand ist es, nicht mein Arm!", erklärte Ariana zweifelnd.

„Ja! Aber die Tetanusimpfung gebe ich ihnen in den Arm", erklärte die Frau.

Ariana blickte zu Richard hinauf und der nickte. Dann musste es wohl auch so sein.

„Na gut!", lenkte Ariana schließlich ein.

Die Frau pikste ihr in den Arm und danach auch in die verletzte Hand. Mit Nadel und Faden verschloss sie anschließend noch den Schnitt im Finger.

Wenig später saß Ariana mit dem Verband um der Hand wieder in Richards Auto und sie fuhren jetzt viel langsamer zurück zu seinem Haus.

„Es tut mir leid um den schönen Abend!", drückte Richard aus.

„Noch ist er ja nicht zu Ende. Wir können immer noch duschen und kuscheln!", erklärte Ariana.

„Hast du denn keine Schmerzen?", fragte er sichtlich verwundert.

Ariana schüttelte den Kopf.

„Aber mit dem Verband ist das Duschen leider nicht möglich und kuscheln auch nicht!", erklärte Richard.

„Mist!", sauste es durch Arianas Kopf.

„Du hast mir deine Tochter noch gar nicht vorgestellt!", bemerkte Ariana, als sie wieder das Haus betraten.

Wenn sie schon nicht ins Bett gehen konnten, dann wollte sie jetzt wenigstens Naomi kennenlernen, um sich von dem erneut aufsteigenden Lustgefühl abzulenken.

22. Kapitel

Mütter und Töchter

*A*uch diese Nacht lief nicht so, wie Richard sie sich vorgestellt hatte. Nach dem Besuch im Krankenhaus standen sie gerade in seiner Küche. Simone hatte die Blutspuren beseitigt und es sah inzwischen nicht mehr so aus, als ob er hier jemanden geschlachtet hätte.

Dass Ariana keine Schmerzen dabei verspürt hatte, das kam ihm seltsam vor. Der Schnitt war groß und tief gewesen.

In seinem Job hatte er sich am Anfang auch ein paar Mal geschnitten und das tat schon weh, doch offensichtlich hatte Ariana durch das Leben im Wald eine ziemlich hohe Schmerztoleranz erhalten.

Es war still im Hause und Simone war sicherlich bei Naomi oben. Schließlich war es ja mittlerweile auch schon kurz vor drei Uhr in der Früh!

Trotz seines Status als Privatpatient hatte es ihm viel zu lange gedauert, bevor Ariana endlich an der Reihe gewesen war.

Jetzt wollte Ariana auch noch seine Tochter kennenlernen. Das hatte er zwar ohnehin schon vorgehabt, aber mitten in der Nacht?

„Die schläft jetzt. Warum bleibst du nicht einfach bis morgen früh hier? Dann kannst du sie mit mir wecken, wenn du magst?", fragte er.

„Nein! Ich habe so eine Angst vor der Sonne! Da wird meine Haut ganz rot und schlägt dann Blasen! Ich muss bei Sonnenaufgang wieder in meinem Versteck sein!", erläuterte Ariana.

Damit wäre zumindest geklärt, warum sie immer nur im Dunklen zu ihm kam.

Von solch einer Sonnenallergie hatte er schon mal im Fernsehen einen Bericht gesehen.

„Na gut! Komm mit, aber sei bitte leise!", entgegnete er und ging die Treppe hinauf.

Ariana schlich auf Zehenspitzen hinter ihm her. Der Teppich im Flur dämpfte noch zusätzlich ihre Schritte, bis sie vor dem Zimmer der Tochter standen.

Sacht schob er die Tür auf und der Lichtschein aus dem Flur fiel in den Raum hinein.

Simone lag bei Naomi im Bett und die beiden hatten sich im Schlaf aneinander gekuschelt, aber der Lichtstrahl weckte augenblicklich die Schwester, die völlig verschlafen zu ihm sah.

Er legte den Finger auf die Lippen, Simone nickte, gab Naomi einen Kuss und erhob sich lautlos aus dem Bett des Mädchens.

„Deine Tochter ist so süß!", flüsterte Ariana in sein Ohr und setzte hinzu: „Ich möchte auch ein Kind von dir!"

Simone war mittlerweile so nahe, dass sie die geflüsterten Worte hören konnte. Sie stutzte einen Moment, dann nickte sie lächelnd und drängte sie beide aus dem Raum.

„Wie geht es deiner Hand?", fragte sie draußen, nachdem die Tür hinter ihr geschlossen war.

Ariana hielt den Verband hoch.

„Nicht so schlimm!", erklärte sie.

„Habt ihr Hunger? Ich habe noch eine Pizza im Ofen, denn der Salat war ja nicht mehr zu retten", erzählte Simone auf dem Weg nach unten.

Ariana nickte und auch er hatte ja am Abend noch nichts gegessen.

Wenig später saßen sie wie am Vorabend am Tisch und ließen sich die aufgewärmte Pizza schmecken.

„Du möchtest wirklich ein Kind haben?", erkundigte sich Simone.

„Ja! Dann wäre ich nicht mehr so einsam in meiner Behausung im Wald!", entgegnete Ariana und biss in das Stück.

„Du könntest doch auch hier bei mir wohnen", gab ihr Richard zu verstehen.

„Ja! Könnte ich", entgegnete sie mit vollem Mund und setzte hinzu: „Aber die Sonne?"

„Was ist mit der Sonne?", erwiderte Simone.

„Ariana ist allergisch auf Sonnenstrahlen!", erklärte Richard und angelte sich das nächste Stück vom Teller.

„Du ärmste! Da kannst du ja nie die Blumen im Licht der Sonne sehen!", bemerkte Simone und strich Ariana über die Wange.

„Ich sehe sie im Mondlicht. Da sind sie auch schön!", erklärte Ariana.

„Wo ist eigentlich Naomis Mutter?", fragte Ariana.

„Sie ist gestorben! Vor fünf Jahren", entgegnete Simone, bevor er es sagen konnte.

„Hast du sie getötete, wie mein Vater meine Mutter umgebracht hat? Muss das immer so sein? Dann möchte ich lieber kein Kind", sprudelte es aus Ariana heraus.

Es verschlug ihm den Atem, aber bevor er seine Stimme wiedergefunden hatte, antwortete Simone schon: „Nein! Er hat sie nicht getötet. Es war der Krebs!"

„Wie kann ein Krebs denn jemanden töten? Die sind doch nur so winzig!", entgegnete Ariana und zeigte die Größe eines Flusskrebses zwischen Daumen und Zeigefinger der gesunden Hand.

„Nicht so ein Krebs! Es war eine Krankheit", gab er ihr jetzt zu wissen.

„Oh! Entschuldige bitte! Ich bin so dumm", entgegnete Ariana und ihr Blick ließ sofort jeden aufkeimenden Ärger in ihm verstummen.

Sie kannte es vermutlich nicht anders, denn das Leben im Wald war bestimmt sehr einfach.

„Ich kann mich kaum an meine Mutter erinnern", begann Ariana jetzt, blickt vor sich auf den

Tisch und versuchte wohl gerade, sich das Bild ihrer Mutter vor ihr geistiges Auge zu holen.

„Hast du kein Foto von Ihr?", erwiderte Simone und holte Evas Porträt von der Kommode.

„Nein. Leider nicht. Aber deine Frau war wirklich sehr hübsch", erzählte Ariana, als sie seiner Schwester das Bild aus der Hand nahm.

„Immer, wenn ich Naomi ansehe, dann sehe ich sie in ihr. Sie lebt in ihr weiter!", entgegnete Richard, nahm das Foto an sich und strich über die Aufnahme.

„Dann lebt Undinara auch noch in mir", flüsterte Ariana.

„Das tut sie ganz sicher! In deinem Herzen!", erklärte Simone.

„Wer war eigentlich deine Freundin, die in der letzten Nacht bei dir auf der Bank gesessen hat?", erkundigte sich Simone jetzt unvermittelt.

„Du meinst Lunara? Sie ist eine Göttin!", entgegnete Ariana.

„Ja! Das ist sie wirklich!", drückte Simone aus und ihr Blick war wieder in dieser Form verklärt, wie er am Morgen kurz vor der Dusche war.

Schnell musste er Simone wieder aus ihren Gedanken reißen, bevor der Orgasmus sie hier am Tisch überrollen würde.

Nach ihrem Gesichtsausdruck war der nur noch wenige Atemzüge entfernt!

„Ich glaube, die Sonne geht gleich auf", bemerkte Richard.

Ariana sprang erschrocken von ihrem Platz und fuhr zum Fenster herum.

„Ich muss fort!", stieß sie aus, denn der erste helle Streifen war am Horizont schon zu erspähen.

Während er Ariana zur Tür brachte, überrollte der Höhepunkt seine Schwester und sie stöhnte laut auf dem Sofa.

Als er Ariana nachsah, die zum Wald hinüberrannte, zuckte Simone unkontrolliert auf ihrem Platz.

Dieses Bild der in Ekstase entrückten Schwester riss ihn einfach mit.

Hoffentlich hatte Gisel heute wieder Frühdienst!

23. Kapitel

Unter den Händen einer Göttin

Was war nur mit ihr los? Simone saß auf ihrem Sofa in ihrer kleinen Wohnung, es war früher Nachmittag und gerade durcheilte sie erneut solch ein gigantischer Orgasmus. Schnaufend lehnte sie sich zurück.

Sie brauchte nur an die Gestalt im Mondlicht zu denken und es kam ihr!

Der wievielte Höhepunkt war das schon an diesem Tag? Simone hatte irgendwann aufgehört, sie zu zählen!

„Lunara", flüsterte sie.

Ariana hatte ihr am Morgen den Namen der Angebeteten genannt.

Mit weichen Knien erhob sich Simone von der Couch und trat zum Fenster. Vielleicht hatte es nie mit Männern so richtig geklappt, weil sie instinktiv mehr für Frauen empfunden hatte?

Seit frühester Kindheit war sie mehr wie ein Junge aufgewachsen. Sie hatte mit Vater und Richard Fußball gespielt, war im Wald herumgeklettert und hatte sich in der Schule gerauft.

Andere Mädchen hatten schöne Kleider getragen und mit Puppen gespielt, sie hatte aufgeschlagene Knie und Spielzeugautos in ihrem Ranzen gehabt.

Simone dachte an all die Freunde zurück, die sie schon gehabt hatte. Einzig mit Felix hatte es länger gehalten, aber das war vielleicht auch nur der Tatsache geschuldet, dass er Richards Freund und Geschäftspartner war.

Der Sex mit ihm war großartig gewesen, aber irgendwas hatte ihr dabei immer gefehlt.

Jetzt wusste sie, was es gewesen war. Lunara hatte es ihr gezeigt. Ihre Seele war nicht dabei gewesen!

Bei dem Gedanken an die silberglänzende Frau knickten ihr die Knie ein und sie hing schnaufend am Fensterbrett.

Es war ekstatisch, gigantisch, wunderschön und riss ihr förmlich die Beine weg, aber es begann auch ein wenig zu stören, denn so konnte sie sich selbstverständlich nicht auf ihre Arbeit wagen.

Dort saß sie in einem Großraumbüro mit zehn anderen Frauen zusammen und da war so etwas nicht zu verbergen.

An diesem Tage hatte sie sich deswegen freigenommen, aber das würde in Zukunft nicht jeden Tag gehen.

Ihr Chef hatte einen Narren an ihr gefressen, aber was auch immer er sich bisher eventuell von ihr erwartet hatte, das würde sie ihm wohl kaum noch geben können. Und wenn doch, dann würde sie sich dabei verstellen müssen.

Simone wusste jetzt, dass sie auf Frauen stand!

Abermals stemmte sie sich hoch.

In ihren Gedanken reiste sie zu ihrem Arbeitsplatz, um sich von dem immer wieder aufsteigenden Verlangen abzulenken.

Sie stellte sich ihren Wirkungsbereich vor.

Im Büro saß auch eine neue Kollegin. Ingrid war jung und hübsch. Erst seit knapp vier Wochen war die Frau bei ihnen beschäftigt und bisher hatten sie nur gelegentlich miteinander zu tun.

Aber gerade stellte Simone fest, dass Ingrids Ausstrahlung derjenigen ähnlich war, die sie jetzt permanent zu Boden riss.

Vielleicht hatte Simone schon instinktiv gespürt, dass es ihr Herz eher zu Ingrid, als zu ihrem Chef zog.

Blieb nur noch die Frage, ob es Ingrid wohl so ähnlich sah, doch woran erkannte man das?

Sollte sie einfach mit Ingrid flirten und ausloten, wie weit sie gehen konnte?

Doch was geschah, wenn das schiefging? Dann konnte sie sich im Büro nie wieder sehen lassen und sie liebte die Arbeit doch dort in der Firma.

„Ich gehe erst mal in die Wanne!", sagte sich Simone laut und schwankte in ihr Badezimmer.

Das Wasser lief langsam in die Wanne, sie stellte Kerzen auf, schaltete leise Musik ein und legte sich mit einem Glas Wein in das duftende Badewasser.

Das war eine echte Wohltat.

Genüsslich nippte sie an dem köstlichen Rotwein, blickte zur Zimmerdecke hinauf und lauschte der Musik.

Das war einfach nur göttlich.

Und bei dem Wort „Göttlich" sprangen ihre Gedanken unvermittelt weiter zu Ingrid.

Sie holte sich das Gesicht der Frau vor ihre Augen. Sie war recht zierlich, hatte lange blonde Haare und ein hübsches Gesicht.

Und wundervolle Augen mit großen Wimpern!

Simone war schlank und sportlich, Ingrid fraulich gerundet und äußerst attraktiv. Beim Bild der anderen Frau in ihrem Kopf zog es schon wieder so wundervoll in ihrer Brust und es kribbelte in ihrem Bauch.

Aber wie konnte sie sicher sein, dass ihr Flirten nicht die falsche traf? Sollte sie einfach ihrem Herzen folgen? Erneute Zweifel brausten durch ihren Verstand.

Warum war es eigentlich normal, wenn ein Mann auf der Arbeit mit einer Frau flirtete, wie es der Chef ziemlich unverhohlen gelegentlich mit ihr machte, und verwerflich, wenn zwei Frauen dasselbe taten?

Da war nichts daran auszusetzen. Sie musste nur diesen dummen Zweifel zum Schweigen bringen.

Der Kopf und der Verstand wollten es verbieten, aber wie hatte Lunara bei ihrem Treffen gesagt? „Vergiss, was du zu wissen glaubst und gib dich deinem Gefühl hin!"

Die Worte der wunderschönen Frau sausten durch ihren Kopf.

Simone leerte den Kopf von allen unnützen Bedenken, schloss die Augen und lauschte dem Widerhall der Stimme nach.

„Gib dich deinem Gefühl hin!", hörte sie jetzt in sich.

Das war es!

Simones Finger tasteten sich über ihren Leib und mit einem Male war es nicht mehr ihre eigene Hand, sondern Ingrids zartgliedrige Finger, die auf Wanderschaft gingen.

Sie strich über ihr Gesicht, ihre Schultern weiter nach vorne und zwischen ihren Brüsten hindurch.

Keuchend genoss Simone diese Empfindung. Sanft streifte die Hand ihren Bauch, glitt langsam und zärtlich über ihren Bauchnabel weiter nach unten, bis die Fingerspitzen das Flaumhaar auf ihrem Venushügel erreichten.

Dort verweilten die Finger einen Wimpernschlag lang, bevor sie weiter hinab glitten, sich zwischen die Schenkel schoben und kleine Kreise auf ihren bereits pochenden Labien zogen.

Simone zuckte dabei zusammen und Ingrids Finger fuhren jetzt durch Simones Vulva, rieben danach rau und fordernd über die vor Lust geschwollene Klitoris.

Endlich schoben sich zwei Finger fest in sie und Simone krümmte sich in der Wanne zusammen.

Alles in ihr drängte augenblicklich nach Erlösung.

Würde sie jetzt Lunara rufen, dann würde sie explosiv kommen können, aber es war Ingrid, die sie soeben verwöhnte. Und deren Finger rieben sich jetzt schneller in ihrer Scheide.

Japsend und stöhnend wandte sich Simone in der Wanne hin und her.

Die zweite Hand suchte ihr Ziel, tastete sich zu ihrer Brust und Simone kam in der Wanne! Das Wasser schwappte über den Rand.

Jammernd, stöhnend und keuchend riss sie die Augen auf. Das war so was von geil und es waren Ingrids Hände gewesen, die ihr diese Erlösung gebracht hatten. Nicht Lunara war die Göttin, sondern Ingrid.

Es dauerte eine ganze Weile, bis Simone zur Ruhe gekommen war und immer noch mit zitternden Beinen aus der Wanne stieg.

Als sie sich abtrocknen wollte, hörte sie die Klingel. Ohne groß darüber nachzudenken, wer das wohl sein konnte, warf sie sich den Bademantel über und rannte mit nassen Haaren zur Tür.

Und vor dem Eingang stand Ingrid!

„Entschuldige bitte, aber der Chef hat gesagt, dass es dir heute nicht so gut ging und da wollte ich mal schauen, ob du was brauchst!", äußerte die Frau.

„Ich brauche dich!", hätte Simone fast geschrien, aber sie gab nur wortlos den Weg frei.

„Setzt dich. Möchtest du einen Tee?", erkundigte sich Simone mit brüchiger Stimme, als Ingrid in die Stube eingetreten war.

„Ja. Gern. Einen Kräutertee."

„Den mag ich auch!", entgegnete Simone und setzte das Teewasser an.

Wenig später saßen sie sich auf Sofa und Sessel gegenüber.

Schweigend tranken sie den Tee und es dauerte eine Weile, bis Simone begriff, dass der Bademantel verrutscht war und eine Brust zu ziemlich großen Teilen zu sehen war.

Ingrids Blick lag darauf, aber darin war kein Zweifel, sondern nur Interesse zu bemerken.

„Und du brauchst wirklich nichts?", fragte Ingrid schließlich noch einmal.

„Doch, dich!", entgegnete Simone und benötigte einen Moment, um zu realisieren, dass sie es diesmal laut gesagt hatte und nicht nur gedacht.

Ingrid lächelte und beugte sich nach vorn.

Über den Tisch hinweg küssten sie sich.

Ihre Lippen waren weich und der Kuss zauberhaft.

Göttlich!

Es war einfacher gewesen, als zuvor gedacht!

Ingrids Finger glitten über Simones Hals und dieses Mal waren sie wirklich real und nicht im Traum.

„Das Wasser ist sicherlich noch warm in meiner Wanne!", hauchte Simone.

Ingrid nickte, lächelte und erhob sich von ihrem Platz.

Beide liefen sie zum Bad und hinterließen dabei eine Spur aus Kleidung auf dem Fußboden.

24. Kapitel

Arielle oder Ariana

Kaum war es etwas dunkler über dem Teich, da war Ariana wieder aus ihrer Höhle aufgetaucht. Mit Lunaras Hilfe hatte sich die Wunde an ihrem Finger bereits weitestgehend geschlossen.

Schmerzen hatte sie auch weiterhin nicht, da die schmerzstillenden Hormone in Unmengen durch ihren Körper sausten.

Hätte sie sich nur eine Woche zuvor in den Finger geschnitten, sie wäre vermutlich die Bäume hinaufgegangen, aber so? Nichts! Nicht mal ein kleines ziepen an der Wunde!

Momentan war sie wieder auf dem Weg und rannte über die Wiese. Wenn sie dabei auf einen Igel treten würde, dann würde sie es vermutlich nicht mal bemerken. Zumindest nicht seine Stacheln!

Nach Lunaras Erklärung war das wohl auch Absicht. Keine Nixe, die noch bei klarem Verstand war, würde doch einen Wassermann an ihren Schoß lassen. Dazu brauchte es zuvor diese Glücksgefühle, damit die Annäherung funktionieren konnte und dann die relative Unempfindlichkeit gegen den Schmerz, damit die Paarung von sich gehen konnte.

Gerade jetzt sauste erneut dieses Verlangen durch ihren Leib und sie musste immer wieder an sich halten, denn erst am nächsten Tage konnte es mit Richard zur Befruchtung kommen!

Erst dann durfte sie!

Aber war es dann so eine gute Idee, den Mann jetzt aufzusuchen?

Schon am Tage zuvor hatte sie ziemlich an sich halten müssen, um nicht über ihn herzufallen. Doch das Sehnen in ihrer Brust war noch viel stärker geworden und es zog sie eiligst vorwärts. Dem ersehnten Ziel entgegen.

Offensichtlich war auch das ein Teil des Instinktes, so hatte Ariana zumindest die Mondgöttin verstanden. Und so war es eben auch kein Wunder, dass sie noch vor dem Einbruch der Nacht an Richards Türe klopfte.

Der Mann öffnete und hatte einen betörenden Duft an sich. Allerdings saß seine Tochter auf dem Sofa hinter ihm.

„Naomi möchte dich kennenlernen. Simone hat schon viel von dir erzählt", sagte er nach dem Kuss.

Wenig später saß sie dem Kind gegenüber und Richard stellte Teller auf den Tisch. „Naomis Lieblingsgericht", setzte er noch hinzu.

„Ich esse aber nichts, was mal gelebt hat!", entgegnete sie, als sie die seltsamen und weißen wurmartigen Gebilde auf dem Teller betrachtete.

„Das sind Nudeln, keine Würmer!", erklärte Richards Tochter von der anderen Seite des Tisches aus.

„Ich will auch keine Tiere essen!", setzte Naomi noch dazu.

Zumindest darin waren sie sich schon mal einig.

Das Essen begann und die Nudeln waren wirklich lecker, obwohl da etwas dran war, was wie Blut aussah und von dem Naomi erzählte, dass es Ketchup war und aus Tomaten gemacht wurde. Was auch immer Tomaten waren. Vermutlich aber keine Tiere!

Nach dem Abschluss des Essens nahm Richards Tochter sie bei der Hand und zog sie in ihr Zimmer.

Auch dort drin befand sich ein Fernseher und ein Film lief nach wenigen Augenblicken darauf.

Obwohl Naomi ja eigentlich viel von ihr wissen wollte, war mit einem Male diese Vorführung im Fernsehgerät viel wichtiger.

Zusammen saßen sie auf dem Bett und das hielt sie wenigstens davon ab, sich auf Richard zu stürzen.

Ariana sah sich aufmerksam die flimmernden Bilder an. „Arielle, die Meerjungfrau", hieß der Zeichentrickfilm und es ging darin um eine Nixe.

Auch Arielle hatte sich in einen Menschen verliebt, aber diese Nixe da wollte ein Mensch werden, um mit dem Geliebten leben zu können.

Immer wieder zog Ariana in Gedanken Parallelen zu sich selbst. Es gab keine böse Wasserhexe Ursula, sondern nur die gütige Göttin Lunara. Und keinen guten Meereskönig Triton, sondern nur ihren grausamen Vater Samasaru.

Fische und Krebse konnten in der Realität nicht sprechen und sie selbst hatte nicht so einen seltsamen Fischschwanz hinten dran.

Im Gegensatz zu Triton hatte Lunara es ihr nicht verboten, zu den Menschen zu gehen, sondern sie nur davor gewarnt. Und der Kuss, den sich Arielle so sehnlichst wünschte, der lag jetzt auch schon hinter ihr und Richard.

Ob sie gut singen konnte, hatte Ariana bisher noch nicht versucht. Es gab ja auch bislang niemanden, der ihr zugehört hätte. Höchstens Lunara. Und die Freundin würde wohl auch kaum das Versteck des Kleides zerstören, nur um sie von Richard fernzuhalten.

Und eigentlich verwandelte sich die Nixe Ariana immer erst mit der untergehenden Sonne in einen Menschen außerhalb des Teiches.

Der Film endete damit, dass Arielle ein Mensch werden konnte.

Würde ihr eigener Film damit aufhören, dass sie ein Kind von Richard empfing? Oder unendlich weiter gehen?

Nach Lunaras Empfehlung sollte sie niemanden erzählen, dass sie eine Nixe war und das beherzigte sie natürlich auch bei Naomi.

Nachdem der Fernseher erloschen war, begann Naomi damit, sie zu befragen. Jetzt kam die Unterhaltung und diese mündete darin, dass Naomi sie fragte: „Wirst du dann später meine Mutter werden?"

„Du hast doch eine Mutter. Ich werde höchsten die Freundin deines Vaters und eventuell deine!", begann Ariana und setzte hinzu: „Ich habe meine Mutter verloren, da war ich so groß wie du, aber Undinara bleibt für immer meine Mama. Hier drin ist sie noch immer!" Dabei tippte sie an ihre Brust.

„Und da drin wird immer deine Mama sein!", erklärte Ariana und deutete auf Naomis Herz.

Das Kind lächelte sie an. Offensichtlich war ihre Antwort richtig gewesen.

Naomi zog ein Bild von ihrem Schränkchen und betrachtete das Porträt ihrer Mutter, dann sagte sie: „Ich muss oft an sie denken! Wie wird man diese Traurigkeit los?"

Ariana strich über das Bild und entgegnete: „Die wirst du nur los, wenn du nach vorn blickst. Auf das, was dir eventuell durch deinen Kummer entgehen kann!"

Richard trat in das Zimmer und bemerkte: „Es ist schon spät!"

Naomi nickte und legte sich in ihr Bett.

Ariana deckte das Mädchen zu und gab ihr einen Kuss. Das fühlte sich auch gut an. Nicht so gut, wie die Küsse von Richard, aber dennoch schön.

Wenig später war Ariana an Richards Seite auf dem Weg nach unten. Abermals war sein Duft in ihrem Kopf und vernebelte ihren Verstand. Sollte sie noch ein bisschen Kuscheln, oder duschen? Oder beides?

„Heute Abend ist Vollmond!", äußerte Richard.

Sie konnte das nur nickend bestätigen. Wäre es doch nur schon so weit!

Unten angekommen, zog Richard sie in sein Bad.

Seine streichelnden Hände unter der Brause waren so wundervoll und sie wollte sich diesem Mann hingeben, aber der letzte verbliebene Rest von Verstand hielt sie noch davor zurück.

Seufzend kuschelte sie sich wenig später im Bett an ihn an.

Seine Küsse waren herrlich. Er war aber nicht Erik, der sie damit hätte erlösen können. Er war Richard, der es damit für sie nur noch schwerer machte, seiner Anziehungskraft widerstehen zu können.

„Heute Abend!", seufzte sie, als sie sich schweren Herzens aus seinen Armen löste.

Die Sonne schickte da bereits den ersten Gruß durch die Fenster zu ihnen herein.

25. Kapitel

Das erste Mal für Zwei!

Seit der Verabschiedung von Ariana am Morgen war Richard aufgeregt wie ein Schuljunge vor einer schwierigen Prüfung. Und dabei ging es doch gar nicht darum, seine Leistung zu bewerten, sondern Ariana zu zeigen, was Sex war!

Diese Anspannung musste natürlich auch aus ihm heraus und so war es wohl auch nicht zu vermeiden, dass Gisel jetzt schon zwei Mal mit und durch ihn gekommen war.

Und es war gerade mal Mittag!

Durch ihren unermüdlichen Einsatz für sein Wohl und das der Firma war Gisel jetzt auch in der Hierarchie des Geschäfts aufgestiegen und leitete inzwischen die Patisserie, die eigentlich nur aus ihr selbst bestand.

Die Beförderung war also rein symbolisch, war aber doch auch angenehm für die junge Frau.

Felix hatte die Entscheidung lächelnd hingenommen. Gisel machte es auch mit ihm und offenbar war sie genau die Frau, die sich Felix immer gewünscht hatte.

Gisel wollte keine Bindung, sondern ebenfalls nur eine offene Beziehung.

Erfreulicherweise kam dann auch noch hinzu, dass die junge Frau sexuellen Experimenten nicht aus dem Weg ging und sich in dieser Beziehung eine sehr große Neugier behalten hatte.

Dadurch war es dann auch keine Überraschung für ihn gewesen, dass sie ihn nach der Bekanntgabe der Beförderung auch die Möglichkeit gab, sie anal zu beglücken.

Das war sein erstes Mal Sex in dieser Form gewesen und das wiederum stimmte ihn dann für Arianas erstes Mal ein.

Da er Simone schon seit dem Tage zuvor telefonisch nicht mehr erreichen konnte, war es schön, dass Naomi für den Abend eine Einladung zu einer Pyjamaparty bei einer Klassenkameradin hatte.

Am Tage zuvor hatte sich Naomi zwar gut mit Ariana verstanden, aber es wäre für ihn sicherlich schwierig geworden, sich auf Ariana zu konzentrieren, wenn die Tochter im Hause wäre.

Somit hatten sie diese Nacht sturmfrei.

Und jetzt musste er daran zurückdenken, dass er früher niemals eine sturmfreie Bude gehabt hatte.

Die Mutter war als Hausfrau immer in der Wohnung gewesen. Sie hatte sich zwar auch um Simone kümmern müssen, aber für ihn hatte sie immer Zeit.

Mehr als es Richard lieb gewesen war, denn wenn zufällig mal eine Freundin aus der Schule zum Lernen bei ihm zu Besuch war, dann hatte er immer die Tür offen lassen müssen und die Mutter kam gelegentlich rein zufällig mit Tee, Keksen, Kakao oder sonst irgendetwas in sein Zimmer. Und das fast genau alle zwei Minuten! Das reichte noch nicht mal fürs Petting!

Vermutlich hatte er auch deshalb sein erstes Mal auf der Toilette in der Schule gehabt. Während der großen Pause zum Mittag! Bei sich zu Hause hatte es höchstens für einen flüchtigen Kuss gereicht.

Gisel kam lächelnd mit einem Teller an ihm vorbei.

Selbst wenn es mit Ariana nicht klappen würde, wäre Gisel für ihn nicht die richtige Frau. Für Felix sicherlich, aber er brauchte etwas Festes. Eine Partnerin, der er vertrauen konnte und die auch eine Art von Ersatzmutter für Naomi sein konnte.

In ein paar Jahren würden die Dinge kommen, die der Tochter nur eine Frau erklären konnte. Seine Versuche der Aufklärung bei Ariana mit dem Buch von Simone waren mehr als kläglich gescheitert und er wollte nicht, dass Naomi dann aus dem Internett erfahren musste, wie es ging.

Sein Vater hatte es ihm erklärt, da hatte er sein erstes Mal bereits gehabt! So eine Erfahrung wollte er der Tochter gern ersparen!

Der Nachmittag wurde lang und arbeitsreich.

Schließlich übergab er Felix das Geschäft und machte sich auf den Weg zu seinem Haus.

Dort musste noch einiges vorbereitet werden, wie beim letzten Versuch, der in einer längeren Erklärung mit dem Sachbuch geendet hatte.

Das Buch lag immer noch im Schrank in seinem Schlafzimmer. Gut verwahrt vor den Augen der Tochter, die beim Auffinden dieser Publikation eventuell unliebsame Fragen stellen würde.

Aufräumen und dekorieren war schnell erledigt und Richard hatte auch ein paar Glühbirnen in einer rötlichen Farbe besorgt, um das Licht etwas stimmungsvoller zu dimmen.

Danach machte er sich an das Abendessen. Es würde wieder etwas Leichtes geben.

Während der Topf auf dem Herd stand, setzte sich Richard an den Tisch und sah zum Fenster hinaus. In seinen Gedanken war er bei dem Treffen mit Gisel am Mittag.

Der Sex mit ihr war schnell und gut gewesen, aber daran war nichts wirklich Romantisches zu finden.

Grübelnd blickte er zu Evas Foto. Wie war es das erste Mal mit seiner Frau? Damals, an jenen Abend in Paris? Schön war es gewesen, zumindest für ihn. Und für Eva? Wohl eher nicht so romantisch, aber die Vertrautheit war erst später gekommen und damit auch für sie der Spaß am Sex.

Richard seufzte und strich über das Bild der geliebten Frau.

Aber das war wohl alles kein Vergleich, zu dem, was jetzt mit Ariana kam, denn damals hatten sowohl er, als auch Eva, schon ihr erstes Mal mit einem anderen Partner gehabt.

Und an das Desaster mit Dana wollte er da lieber nicht zurückdenken!

Doch vielleicht machte er sich auch einfach viel zu viele Gedanken darüber, was Ariana fühlte oder spürte. Er würde den Kopf leer machen müssen, um sich nicht selbst zu sehr zu blockieren!

Oder hätte er einfach Gisel fragen sollen, was Frauen als romantisch ansahen?

Das wäre eventuell keine so schlechte Idee gewesen, doch stattdessen waren sie einfach in der Abstellkammer verschwunden und Gisel hatte ihm ihren Hintern präsentiert.

Bei der Erinnerung daran bekam Richard eine gewaltige Erektion und die Hose wurde eng.

Es wäre wohl hilfreicher, wenn er noch mal auf der Toilette verschwand, um nicht sofort beim ersten Stoß in Ariana abzuspritzen, als hier müßig über den Sinn und Unsinn von Romantik zu grübeln.

Oder darüber, was Mann und Frau als romantisch betrachteten.

Mit dem Gedanken an die drangvolle Enge in Gisels Darm war die Entscheidung schnell getroffen. Richard erleichterte sich auf der Toilette und setzte sich abermals wartend zurück auf seinen Platz.

„Komm schon, Ariana!", sagte er laut vor sich hin, aber die Sonne war noch nicht untergegangen.

Endlich setzte die Dämmerung ein und wenig später klopfte Ariana an die Terrassentür.

Mit einem Kuss begrüßte er sie, sie setzten sich an ihr Essen und Ariana bekam vor lauter Aufregung offensichtlich nicht viel herunter.

Der Teller war noch gut gefüllt, als er diesen abräumte.

Mit fragenden Augen blickte die Frau ihn an.

„Duschen, Kuscheln und Sex!", sagte er.

Ariana erhob sich, trat zu ihm und gab ihm als Zustimmung einen Kuss.

Die Reihenfolge wollte er wahren, aber ob es beim Kuscheln als Vorspiel blieb, das war fraglich, denn Ariana presste sich regelrecht an ihn an und schob ihn in einem stürmischen Kuss vereint in das Badezimmer.

Unter der Dusche verwöhnten sie sich gegenseitig und streichelten sich, aber es war für ihn gar nicht so einfach, Ariana zu erregen.

Die Nervosität und Anspannung waren ihr deutlich anzusehen.

„Lass den Kopf los!", flüsterte er ihr ins Ohr, aber dennoch war es schwierig, sie zu entflammen.

Nach dem Abtrocknen trug er sie ins Schlafzimmer, setzte sie auf dem Bett ab und holte die Kondome aus dem Nachtschränkchen.

„Bitte lege die Dinger fort! Ich möchte spüren, wie du in mir kommst und wie dein Samen in mir ist", erklärte Ariana.

„Wirklich?", fragte er.

Statt einer Antwort ließ sie sich rückwärts ins Bett zurückfallen und blickte ihn einfach nur an.

Mit diesem Blick fiel jetzt auch das Kuscheln aus, obwohl er das auch schon vorher so gesehen hatte.

Sein Glied sprang auf die volle Größe und er legte sich zu Ariana.

Eine Reihe neuer Küsse folgten, aber irgendwie waren sie beide wohl nicht bei der Sache.

Oder Ariana war zu aufgeregt?

Egal!

Er schob ihr ein Kissen unter den Hintern und sie beobachtete seine Vorbereitungen eher interessiert.

Schließlich schob er ihr die Knie auseinander, legte sich auf Arianas Bauch und tastete sich mit der Eichel vorsichtig in ihre Vulva.

Vor dem Eingang ihrer Scheide verharrte er, begann ihre Brüste zu liebkosen und dachte gerade noch im letzten Moment daran, ihr den Schmerz zu nehmen.

Richard biss ihr ins Ohrläppchen und stieß zu.

Ariana zuckte überrascht zusammen und er steckte tief in ihrer Scheide. Das ging wirklich ziemlich schnell!

Jetzt begann er sich in ihr zu bewegen und nach ein paar Stößen schoss er ihr auch schon schnaufend seinen Samen in den Leib.

26. Kapitel

Mondlicht!

*N*ichts hatte Ariana gespürt. Der Biss in ihr Ohrläppchen war überraschend gewesen und jetzt lag Richard schnaufend auf ihrem Bauch.

Der Mond schien durch das Fenster zu ihr herein und beinahe konnte sie die Freundin fragen hören: „Was hast du erwartet?"

Etwas mehr wie nichts auf alle Fälle!

Richard zog sich aus ihrem Schoß zurück und fiel neben sie auf das Bett.

Ariana blickte zur Decke und fühlte in sich hinein. Tagelang hatte sie sich darauf vorbereitet und sich in ihren Vorstellungen alles Mögliche ausgemalt.

Vielleicht war es genau diese Erwartungshaltung, die soeben dafür gesorgt hatte, dass sie es nicht mal bemerkt hatte.

Sie drehte ihr Gesicht dem Manne zu und Richard schaute sie fragend an.

Erwartete er jetzt eine Beschreibung dessen, was sie gerade fühlte? Die schmerzstillenden Hormone, die durch den Vollmond zu Unmengen in ihrem Leib herum sausten, hatten sie wohl unempfindlich dafür gemacht, was da gerade mit ihr passiert war.

Eigentlich war das auch logisch, wenn man die Größe des Geschlechtsteiles eines Wassermannes mit dem von Richard verglich.

Und was kam jetzt?

Sie lag mit gespreizten Schenkeln auf dem Rücken im Bett und versuchte das gerade Geschehene irgendwie einzuordnen.

Ihre Finger tasteten sich zu ihrem Schoß und jetzt war der Eingang zu ihrer Scheide frei. Ein Stück konnte sie ihren Zeigefinger eintauchen lassen, bis sie die Feuchte seines Samens in sich spürte.

Es war also wirklich geschehen!

Richard war in sie eingedrungen und in ihr gekommen. Sein Samen stand damit für eine Eizelle bereit.

Und damit war sie keine Meerjungfrau mehr. Nur noch Meerfrau!

Und was war jetzt?

Grübelnd blickte sie Richard an.

Würde sie beim nächsten Mal mehr spüren? Das kam auf den folgenden Versuch an. Und auf Richard! Noch immer wartete er scheinbar auf eine Reaktion von ihr. Was sollte sie ihm sagen? Sollte sie ihn einfach anlügen, wie toll es gewesen war?

Ein paar Nächte zuvor hatte sie auf der Bank am Teich die ganze Bandbreite dieser großartigen Gefühle in sich verspürt. Da hatte sie dieser wunderschöne Orgasmus einfach mitgerissen und überrollt.

Was fühlte sie dieses Mal? Gar nichts!

Und reichte die Menge an Sperma in ihr überhaupt aus? Danach hätte sie eventuell Lunara vorher befragen müssen, aber woher sollte die Göttin das wissen?

Mehr Samen hieß da wohl auch eine größere Wahrscheinlichkeit für eine befruchtete Eizelle und damit auch für eine Schwangerschaft.

Statt einer Antwort küsste sie Richard einfach.

Im fahlen Licht des Mondes und dadurch auch unter Lunaras Augen wurde dieser Kuss stürmischer und leidenschaftlicher.

Richards zuvor erschlafftes Glied nahm unter ihren streichelnden und reibenden Fingern schnell wieder an Größe zu und lag, kurz darauf, prall und steif in ihrer Hand.

„Ich will dich noch einmal in mir spüren. Hart und tief!", sagte sie, weil sie sicherlich nur dann etwas davon spüren würde.

Mit einer Hand massierte Richard ihre Brust, während sich die Finger der anderen zu ihrem noch offenen Schoß tasteten.

Sie schob diese zweite Hand zur Seite und das war wohl für Richard die Aufforderung weiterzumachen.

Abermals rollte er sich auf ihren Bauch und legte sich zwischen ihre Schenkel.

180

Ariana versuchte so viel wie möglich zu spüren. Sie fühlte, wie die Spitze seines Gliedes erneut den Eingang suchte und dann stieß er in sie.

Richard stützte sich mit den Händen auf und trieb sich schnell und tief immer wieder in ihre Scheide. Die Stöße waren hart und sein Körper klatschte auf den ihrigen.

„Mein Gott, bist du eng!", stöhnte Richard dabei auf.

Es dauerte dieses Mal etwas länger, bis er ihr mit einem besonders tiefen Stoß abermals seinen Samen in den Unterleib spritzte.

Schnaufend und zuckend kam er in ihr, aber auch dieses Mal war es nicht so gewesen, wie sie es sich vorgestellt hatte.

Eventuell würde das in ein paar Tagen anders sein, wenn diese dämlichen Endorphine nicht mehr in ihrem Blut waren und ihr die Freude am Sex verdarben.

Ihre Lippen suchten die seinen und erneut sank er auf sie.

Nachdem er wenige Atemzüge später neben sie in das Bett gefallen war, gab sie ihm einen weiteren Kuss und erhob sich vom Bett.

Sie ignorierte seinen fragenden Blick, zog das Kleid an und sagte schnell: „Bis später!"

Richard legte sich schnaufend auf sein Bett zurück und winkte nur mit der Hand.

Auf dem Weg nach draußen nahm sie den Kaktus vom Fensterbrett und rannte damit zum Teich zurück.

Wenn sie ein Kind wollte, dann blieb ihr jetzt noch eines zu tun.

Mit dem Stachelgewächs in beiden Händen vor ihrem Körper hastete sie durch die Nacht.

Schließlich saß sie auf der Bank, hatte den Blumentopf in der einen Hand und strich mit den Fingern der anderen über diese seltsame Pflanze. Die Dornen waren so lang, wie der Fingernagel ihres kleinen Fingers.

Ariana wusste, dass sie eigentlich nichts spüren würde, aber so richtig konnte sie sich noch nicht dazu durchringen.

Lunara hatte gesagt, dass sie dazu einige Stunden Zeit hatte.

Oder es einfach ließ?

Allerdings funktionierte das eben nur an einem einzigen Tag im Jahr.

Genau heute! Jetzt!

Ariana stellte den Kaktus auf der Bank ab, zog sich das Kleid aus und versteckte es in dem hohlen Baum.

Nackt stellte sie sich mit gespreizten Beinen über den Kaktus.

Eigentlich musste sie sich nur noch setzen.

Eigentlich!

Von oben blickte sie durch ihre Beine auf das unter und hinter ihr stehendes stacheliges Gewächs hinunter. Würde das überhaupt funktionieren?

„Lunara! Bitte hilf mir!", rief sie und blickte zur vollen Mondscheibe hinauf.

Dieses Mal dauerte es nicht lange, bis die Mondgöttin vor ihr aus der Nebelwand erschien.

„Du hast nach mir gerufen?", fragte Lunara.

„Ja!", antwortete Ariana.

Die Göttin trat auf sie zu.

„Ich habe dich gesehen. Und jetzt?", fragte sie.

„Jetzt habe ich Richards Samen in mir, aber ich traue mich nicht!", erklärte Ariana und zeigte mit der Hand unter sich.

„Würde das denn überhaupt funktionieren?", erkundigen sie sich zweifelnd.

Lunara wiegte den Kopf hin und her, befühlte den Kaktus mit den Fingern und erklärte dann: „Du kannst es nur probieren!"

„Na gut!", entgegnete Ariana und beugte die Knie leicht, bis die Spitze der Pflanze den von Richard geöffneten Eingang zu ihrem Unterleib berührte. Doch abermals zögerte sie.

Die ersten Dornen berührten ihren offenen Schoß, doch da war kein Schmerz, es fühlte sich nur seltsam an.

Lunara blickte sie fragend an.

„Hilf mir!", sagte Ariana erneut.

„Schließe die Augen!", antwortete die Göttin und legte ihr die Hände auf die Schultern.

Als Ariana die Augen schloss, drückte Lunara mit Kraft auf Arianas Schultern.

Die Stachelpflanze glitt in ihren Unterleib und trotz der betäubenden Hormone war ihr Schmerzensschrei sicherlich noch in der Siedlung zu hören gewesen.

27. Kapitel

Geben und Nehmen

Simone erwachte und ihr Blick fiel auf diese wunderschöne Frau, die neben ihr im Bett lag. Ingrids Körper wurde vom Vollmond in jenes unbeschreibliche Licht getaucht, welches sie damals auch bei Lunara gesehen hatte.

In den letzten Tagen waren sie keine Sekunde getrennt gewesen. Ingrid hatte sich ebenfalls krankgemeldet und das, wo sie sich ja noch in der Probezeit befand und damit ihren Job riskierte, doch nach dem Krankenbesuch hatten sie sich einfach nicht mehr trennen wollen.

Es waren herrliche Tage gewesen. Auch Ingrid war von ihren Freunden immer wieder enttäuscht worden und hatte danach die Nase von Männern voll gehabt.

Ihr Zusammentreffen war wohl kein Zufall gewesen und es fühlte sich einfach nur sehr schön an.

Ingrid schlief fast lautlos. Sie lag auf dem Rücken, hatte das Antlitz ihr zugewandt und eine der langen blonden Haarsträhnen, die sich aus dem Pferdeschwanz gelöst hatte, war ihr ins Gesicht gefallen.

Sie war einfach nur wunderschön und Simone konnte ihren Blick nicht mehr von den ebenmäßigen Zügen der Freundin lösen. War sie jetzt noch Freundin? Oder schon Geliebte? Zweites sicherlich, denn Simones Schmetterlinge tobten gerade durch ihren Bauch. Das war unbeschreiblich und wundervoll.

Und ebenso schön war auch die Brust der Freundin, die jetzt ihren Blick einfing. Bei jedem Atemzug hob und senkte sie sich.

Noch immer konnte Simone das Glück kaum fassen, dass sie hier gefunden und derzeitig in ihrem Bett liegen hatte.

Versonnen lächelte Simone. Der Sex mit Ingrid war bombastisch gewesen. Schöner, als es ihre Träumereien in der Wanne gewesen waren.

Die Freundin hatte bereits eine kurze Beziehung mit einer Frau gehabt und daher schon etwas mehr Erfahrung, als es Simone vergönnt war.

Die eine Nacht mit Lunara war großartig gewesen, aber dabei war sie mehr der empfangende Teil gewesen, mit Ingrid war es noch viel schöner, weil sie beide dabei auf ihre Kosten kamen.

Simone lag auf der Seite, hatte den Kopf in die Hand gestützt und wollte ihre Augen nicht mehr von der anderen Frau abwenden.

Wie eine Göttin lag Ingrid neben ihr im Bett, lang ausgestreckt auf dem Rücken, mit einer Hand auf ihrem Bauchnabel.

Es war mitten in der Nacht und kein anderer Laut übertönte Ingrids leise Schlafgeräusche. Der Straßenlärm des Tages war noch fern. Von draußen kam ein frischer Nachtwind herein und ließ die Gardinen in den Raum wehen.

Die Tage waren für einen Juni schon ziemlich heiß, aber noch heißer war der Sex mit Ingrid gewesen.

Momentan lagen sie beide hier eng beieinander. Eine Decke hatten sie nach ihrem Liebesspiel nicht gebraucht und daher konnte Simone auch weiterhin ihren Blick über Ingrids wundervollen Körper gleiten lassen. Sie betrachtete diese zartgliedrige Hand, die so viel Freude schenken konnte.

Die sommerliche Kleidung im Büro hatte nur wenig von Ingrids Leib verhüllt, aber so bloß und nackt war sie noch tausendmal schöner.

Ingrid war fraulich gerundet und wohl nicht so auf Sport aus, wie sie es war.

Jeden Tag hatte Simone in den letzten Jahren mindesten eine Stunde gejoggt, war täglich im Fitnessstudio gewesen und war auch vorher eher sportlich schlank.

Ingrid hingegen wäre sicher der Traum jedes Mannes gewesen. Mit wohlgeformten, großen und dennoch festen Brüsten, einem breiten Becken und einer schmalen Taille.

Ihr Antlitz war hübsch, die Haut war weich und mit ein paar Zentimetern Körpergröße mehr wäre sie wohl eines der angesagten Topmodels geworden, aber mit ihren 162 Zentimetern Länge war sie zwölf Zentimeter kleiner als Simone. Zierlich und dennoch kraftvoll.

Simones Blick glitt weiter abwärts und ruhte kurz auf dem völlig glatt rasierten Venushügel der Freundin. Der Beginn ihrer Vulva war besonders weit nach oben gezogen und die kleine obere Falte, die diesen Beginn darstellte, schien sie förmlich darum zu bitten, ihre Fingerspitzen dorthin zu legen.

Simone folgte ihrem Gefühl und tippte diese Stelle sanft an.

Mit einem Seufzen erwachte Ingrid.

„Dein Gesicht ist so schön, ich kann es kaum in Worte fassen! Meine Finger sind machtlos und haben sich von dir fangen lassen!", hauchte Simone.

„Es ist wohl nicht mein Gesicht, was dich fasziniert. Deine Finger sind gerade woanders!", flüsterte Ingrid.

Simone hörte das Schmunzeln aus ihren Worten heraus.

Ihre Lippen suchten sich gegenseitig und verschmolzen zu einem innigen Kuss.

Völlig unwillkürlich rutschten Simones Finger diese Falte hinab, schoben sich zwischen Ingrids Schenkel und glitten an ihrer Vulva entlang.

Stöhnend löste Ingrid den Kuss, noch bevor Simones Fingerspitzen zu ihrer Klitoris gelangen konnten.

Vor Verlangen hatten sich ihre Brustwarzen schon steil aufgerichtete und schon alleine dieser Anblick brachte jetzt auch Simones Nippel dazu, steif und hart zu werden.

Voller Gier packte Ingrid jetzt Simone an der Hüfte und drückte sie mit dem Rücken auf das Bett zurück.

Gewandt rollte sie sich über Simone und die Küsse wurden indessen stürmischer und leidenschaftlicher. Brust rieb dabei an Brust und dieses Gefühl war für beide irre.

Eine Gänsehaut glitt über Simones Leib und Ingrids Zunge spielte mit der ihrigen in Simones Mund.

Schnaufend genossen sie beide die gegenseitigen Zärtlichkeiten.

Als sich Ingrids Finger um Simones Brust schlossen, bäumte sich Simone auf. Da war es wieder, dieses sehnsüchtige Ziehen in ihrem Bauch, dieses unbändige Verlangen nach der Freundin.

Geschickt schob Ingrid ihre Knie zwischen Simones Beine und drückte diese damit auseinander.

Sie löste sich aus dem Kuss und befreite sich aus Simones Armen, dann rutschte sie tiefer und so weit nach unten, dass sie Simones Beine über ihre Schultern nehmen konnte.

Damit hatte sie Simones bereits vor unbändiger Wollust pochenden Schoß geöffnet vor sich.

Simone schaute nach unten und über ihren Bauch hinweg trafen sich ihre Blicke. Da war wieder dieses lüsterne Funkeln in Ingrids Augen.

Ein Lächeln jagte über ihr Gesicht, dann presste sie ihren Mund auf Simones Labien.

Stöhnend warf Simone den Kopf zurück.

Genüsslich leckte Ingrids Zunge durch die Vulva der Freundin. Sie küsste und biss in ihre Klitoris.

Erschrocken zuckte Simone dabei zusammen, packte in Ingrids Haare und drückte deren Kopf fester zwischen ihre Beine.

Ingrid nahm diese Aufforderung sofort an, wurde intensiver und schob ihre Zunge zwischen den Labien hindurch tief in Simones Leib.

Flink zwirbelten ihre Finger gleichzeitig Simones Brustwarzen. Das war so fantastisch und ließ sie beide seufzen.

Ingrid musste schon lange gemerkt haben, wie feucht Simone dadurch geworden war und ihre Zungenbewegungen wurden noch fordernder.

Voller Lust warf sich Simone hin und her, aber durch ihre Position hatte Ingrid die volle Kontrolle über die Freundin.

Immer kurz bevor es Simone kommen wollte, hörte Ingrid für kurze Zeit auf und es schien ihr zu gefallen, Simone mit diesem Verlangen zu quälen.

Ingrids Finger lösten sich von der Brust der Freundin und schoben sich schließlich unter Simones Beinen hindurch in deren Vulva.

Keuchend und stöhnend vergrub Simone ihre Hände fester in den Haaren der Freundin. Deren Zunge und Finger jagten einen Schauer nach dem nächsten durch Simones Leib.

Ingrid knabberte an ihrer Klitoris, schob zwei Finger in ihre Scheide und rieb fest darin.

Es konnte nicht mehr lange dauern und sie würde endlich kommen können.

Das fühlte sich großartig und richtig geil an.

Ingrid wusste genau, was sie tat.

Schließlich benutzte Ingrid ihrer zweiten Hand und Simone spürte, wie deren Zeigefinger über den Damm nach unten strich. Vorsichtig legte sie ihren Finger genau auf Simones Poloch ab und die Spitze des Fingers drang kurz darauf leicht ein.

Das Gefühl war so intensiv, dass Simone es nicht mehr aushalten konnte und explosiv zum Orgasmus kam.

Jede ihrer Körperzellen schien mit Lichtgeschwindigkeit ins All fliegen zu wollen. Während Simone sich stöhnend und schnaufend im Bett hin und her wälzte, hielt Ingrid die Freundin darauf fest.

Es dauerte eine Weile, bis sich Simone wieder beruhigt hatte, dann zog sie die Freundin zu sich nach oben, küsste sie und schmeckte ihre eigene Lust auf deren Lippen.

„Ich lieb dich so unsäglich!", hauchte sie und rollte sich anschließend über Ingrids Leib.

Neue stürmische Küsse folgten.

„Jetzt bist du dran!", sagte sie und nahm augenblicklich die Position so ein, wie es Ingrid zuvor bei ihr gemacht hatte.

Ingrid hatte gegeben und jetzt würde sie von Simone genommen werden.

Das Glück schien greifbar und es lag zwischen den Schenkeln der Freundin.

Groß, dunkel und feucht war Ingrids Schoß und sie erbebte, als Simones Zunge den Eingang suchte.

28. Kapitel

Traum oder Realität?

Richard blickte der Frau hinterher. Es war offensichtlich nicht so gewesen, wie es sich Ariana vorgestellt hatte. Ihr „Bis bald" konnte auch heißen: „Tschüss, du Versager! Du hast es nicht gebracht!" Die Zeit des Wartens hatte ihr wohl eine Vorstellung in den Kopf gelegt, die niemand auf der Welt wahrmachen oder erfüllen konnte.

Nicht mal Felix mit seinen 25 cm!

Damit blieb für Richard nur zu hoffen, dass auch Ariana das schon bald so sah.

Aber das würde die Zeit bringen. Wenn sie sich wieder bei ihm meldete, dann wäre alles gut!

Und was, wenn nicht?

Dann würde er sich auf die Suche nach einer passenden Frau machen.

In seinem Restaurant waren ja gelegentlich auch alleinstehende Frauen, die zum Golf kamen.

Richard legte den Kopf zurück auf das Kissen, schloss die Augen und stellte sich erneut diese Situation vor. Ariana war ziemlich eng gewesen, was bei einer Jungfrau wohl auch völlig normal war. Schön hatte es sich angefühlt.

Das erste Mal hatte er sie sanft und liebevoll genommen und beim zweiten Mal auf ihren

Wunsch hin härter. Beide Versionen hatten ihm mehr als gut gefallen. Nur dass Ariana nicht hatte kommen können, das hatte ihn gestört.

Es wäre für sie beide viel schöner gewesen, wenn sie sich hätten fallen lassen können.

Richard schlug die Augen auf und blickte an sich herab. Die Erinnerung an den Sex mit Ariana hatte sein Glied wieder knüppelhart werden lassen. Das war doch nicht normal!

Zweimal hatte er an diesem Tage Sex mit Gisel gehabt, zweimal mit Ariana und einmal hatte er es sich selbst besorgt und nach den fünfmal stand sein Schwanz schon wieder wie eine eins!

Wenn Ariana jetzt hier gewesen wäre, dann…

Seufzend setzte er sich auf, die Erektion blieb.

Das Kuscheln mit Ariana wäre jetzt sicher schön gewesen. Er sehnte sie sich zurück in seine Arme, aber das sorgte nur dafür, dass die Erektion noch schmerzhafter wurde.

Richard schlurfte ins Bad, stellte sich unter die Dusche und ließ das kalte Wasser über sich laufen, aber es half nichts.

Die Wasserstrahlen prickelten auf seinem Körper und vermittelten ihm nur das Gefühl ihrer streichelnden Finger auf seiner Haut.

Er stand unter der eiskalten Brause, schloss die Augen und spürte in sich hinein.

Mit einem Male war es ihm, als wäre eine andere Frau bei ihm unter der Dusche. Es fühlte sich wirklich so an, als spürte er zärtliche Finger

194

auf sich, als schlossen sich da Lippen um seine pralle Eichel!

Diese Vorstellung war so irre und geil und er wollte es bis zum Schluss auskosten. Er durfte jetzt nur nicht die Augen öffnen. Oder war Ariana zu ihm zurückgekommen?

Egal! Richard wollte einfach nur die Illusion aufrechterhalten.

Abermals war es wie damals, als Ariana auf der Bank spielerisch erkundet hatte, wie weit sie gehen konnte.

Richard stand unter der kalten Dusche, konnte sich nicht mehr bewegen und fühlte nur, wie ihm jemand einen blies.

Seufzend und stöhnend hoffte er, dass es kein Traum war und wenn doch, dann war es ihm im Moment auch völlig gleichgültig!

Alles zog sich in ihm zusammen, er riss die Augen auf und schoss seinen Samen ab.

Er war alleine unter der Dusche, aber er konnte immer noch diese Lippen auf seinem zuckenden Glied fühlen. Der unsichtbare Mund der Illusion trieb ihn weiter!

In nicht enden wollenden Schüben schoss er wimmernd alles aus sich heraus, was er eigentlich nicht mehr erwartet hatte.

Es dauerte, bis seine Knie nachgaben, er schnaufend in der Dusche zusammensackte und darin sitzen blieb.

Das Wasser wusch die Spuren fort und die Erektion verschwand zusehends.

Alles tat ihm weh und sicherlich würde er am nächsten Tag Gisels Dienste nicht in Anspruch nehmen können. Selbst dann nicht, wenn sie es von ihm verlangen würde.

Stöhnend stemmte er sich hoch, drehte das Wasser warm und wusch sich sauber.

Nackt schlurfte er kurz darauf zu seinem Bett zurück und dieses Mal hoffte er, dass Ariana nicht zurückgekehrt war, denn ein weiteres Mal würde er wohl kaum noch kommen können.

Dieser Akt unter der Dusche, denn er sich gerade eben nur vorgestellt hatte, der war intensiver gewesen, als alles, was er jemals real erfahren hatte.

Richard ließ sich in sein Bett fallen und dachte daran, dass vor ein paar Tagen auch Simone unter der Dusche so explosiv gekommen war.

War es bei der Schwester ähnlich gewesen?

Vielleicht!

Noch immer schien der fahle Mond auf sein Bett herunter und Richard versuchte zu schlafen, aber die Mondscheibe ließ das nicht zu. Und aufstehen und die Vorhänge schließen konnte er im Moment auch nicht mehr.

Ermattet lag er mit dem Rücken auf seinem Lager und hatte die Augen auf den vollen Mond gerichtet.

Die Silberscheibe schien ihm zuzuzwinkern.

Nackt lag er im Silberlicht und obwohl seine Hoden schmerzten und sich darin wohl kein einziger Tropfen Sperma mehr befand, bekam er die nächste Erektion.

Richard spürte, wie ein unsichtbarer Schoß sich über sein pralles Glied streifte und ihn unbarmherzig ritt.

Er fühlte es, aber er konnte niemanden sehen.

War es eine Illusion? Ein Geist oder ein Dämon?

Das Gefühl jedenfalls war ziemlich echt! Und schmerzhaft!

„Nein! Bitte! Lass ab von mir!", stöhnte er, aber sein Flehen wurde nicht erhört.

Die unsichtbare Frau holte sich, was sie haben wollte.

Zuckend und jammernd schoss er ab, was er nicht mehr hatte.

Einen trockenen Orgasmus hatte er noch nie zuvor gehabt und jetzt betete er, dass der Geist sich damit zufriedengab.

Erschöpft schlief er ein und im Traum sah er eine silbern glänzende Gestalt vor sich stehen. Eine wunderschöne nackte Frau, deren makellosen Körper der Mond zum Leuchten brachte.

„Ich danke dir! So hat es mir noch keiner besorgt!", hauchte die Frau im Traum.

Richard erwachte und sah die Sonne, die soeben auf sein Bett schien.

Kraftlos lag er dort und konnte sich nicht mehr bewegen. Alles, aber wirklich alles, tat ihm momentan weh.

Erneut dachte er an die Traumgestalt. War sie es gewesen, die ihn unter der Dusche und im Bett heimgesucht hatte?

Vermutlich.

Jetzt würde er erst mal ein paar Tage der Regeneration brauchen.

Richard rollte sich aus dem Bett und versuchte sich mühsam an der Bettkante hochzuziehen. Er zweifelte, ob er erneut unter die Dusche gehen sollte, denn was wäre, wenn er damit erneut den Geist rief? Oder kam die silberne Frau nur nachts?

Das blieb zu hoffen!

Und was war jetzt mit Ariana? Wo sollte er sie suchen?

Er würde zuerst warten müssen, ob sie zu ihm zurückkam.

Mit wackeligen Beinen schritt er ins Bad hinüber.

29. Kapitel

In seinen Armen!

*D*rei lange Tage hatte sich Ariana in ihrer Behausung am Teichgrund zusammengerollt und war von Lunara liebevoll gepflegt worden. Der Schmerz, als der Kaktus in sie eingedrungen war, war unbeschreiblich gewesen, trotz der betäubenden Hormone.

Wütend hatte sie das Gewächs aus sich gerissen und weit von sich geschleudert. Der Kaktus lag jetzt sicher samt Blumentopf irgendwo in der Mitte des Teiches auf dem Grund im Schlamm!

Die Schnittwunde an ihrem Finger hatte sich binnen eines Tages geschlossen, die Schmerzen in ihrer Vagina waren jetzt noch immer zu spüren.

Es war wohl aber dennoch nur ein Bruchteil dessen, was ihre Mutter damals vielleicht gespürt hatte, als Ariana gezeugt worden war.

Jetzt kam abermals die Dämmerung und eine neue Nacht würde folgen.

Die Sehnsucht nach Richard zog sie aus ihrem Bau und sie tauchte auf.

Die ersten drei Schritte an Land waren unbeschreiblich qualvoll. Zumal die Wirkung der Hormone gegenwärtig auch schon wieder nachgelassen hatte.

Danach wurde es erträglicher und die Aussicht auf ein schönes Essen bei Richard zog Ariana voran.

In ihrem Versteck hatte sie drei Tage lang nichts zu sich nehmen können, doch momentan knurrte ihr Magen. Wenn es nötig gewesen wäre, dann hätte sie jetzt auch den Kaktus verspeist!

Verdient hätte er es!

Damit blieb nur zu hoffen, dass die erlittene Qual auch den ersehnten Effekt nach sich ziehen würde.

Lunara hatte ihr erzählt, dass sie selbst die als letzte geborene Nixe war. Nachdem ihr Vater Undinara entführt und geschwängert hatte, hatte er die Mutter vermutlich im Zorn getötet.

Lunara hatte daraufhin Samasaru zerschmettert, allerdings war er eben der letzte noch lebende Wassermann gewesen.

Durch ihren Selbstversuch mit dem stacheligen Gewächs konnte jetzt eine neue Generation von Nixen auf die Welt kommen und dann wäre Ariana nicht mehr die letzte ihrer Art!

Mit jedem neuen Schritt wurde sie schneller.

Ihr Herz zog sie zu dem Mann und das, wo doch seine Aufgabe bereits erfüllt war. Gegenwärtig war es nicht mehr ihr Wunsch nach einem Kind, der sie vorwärtseilen ließ, sondern das Sehnen nach Richard. Das Verlangen, einfach in seinen Armen zu liegen, von ihm gestreichelt und gehalten zu werden.

Mehr als kuscheln und küssen würde allerdings in dieser Nacht nicht stattfinden. Aber auch die Angst davor, was er wohl wegen ihres so schnellen Aufbruchs sagen würde, hielt sie nicht von ihm ab.

War Richard überhaupt in seiner Wohnung und wollte er sie sehen?

Angst und Zweifel ließen sie jetzt rennen!

Ariana lief mit der Dämmerung um die Wette und erreichte Richards Haus im letzten Tageslicht. Am Rande der Terrasse blieb sie stehen und versuchte zu Atem zu kommen. Und gleichzeitig zu ergründen, ob Richard zu Hause war und sie sehen wollte.

Noch war das Licht im Haus aus und durch die dunklen Fenster konnte sie nichts im Inneren des Hauses erkennen.

Langsam trat Ariana an das Fenster heran und sah hinein. Im selben Moment flammte drinnen das Licht an und sie schrie erschrocken auf.

Direkt vor ihr stand Richard und lief schnell zur Terrassentür.

Bruchteile eines Wimpernschlages später war er bei ihr, schloss sie in seine Arme und flüsterte: „Ich habe dich so vermisst! Wo warst du nur?"

Bevor sie antworten konnte, verschloss er ihren Mund mit einem leidenschaftlichen Kuss und zog sie danach in das Haus hinein.

„Ich war am Teich und habe dich gesucht! Wo warst du bloß?", fragte er erneut.

Richard drückte sie auf das Sofa und Ariana stöhnte auf, als ihr Hintern die eigentlich weiche Sitzfläche berührte.

„Ich habe mich in meiner Behausung versteckt. Ich bin immer noch etwas wund! Es tut mir leid, dass ich so schnell verschwunden bin!", erklärte sie.

„Nein! Mir tut es leid, dass ich dich so sehr verletzt habe", antwortete Richard und schob ihr ein weiches Kissen unter den Hintern.

Seine Fürsorglichkeit tat ihr momentan sehr gut.

„Hast du etwas zu essen? Ich habe einen solchen Hunger!", begann sie.

Richard sprang auf und eilte zum Kühlschrank. Wenig später landete eine Pizza im Herd und Richard setzte sich erneut zu ihr.

„Ich bin so froh, dass ich wieder bei dir sein darf", flüsterte Ariana und setzte hinzu: „Aber diese Nacht wird es wohl beim Kuscheln bleiben. Du weißt ja."

„Essen, duschen und kuscheln. Alles gut! Du musst dich noch schonen!", entgegnete Richard.

Der Duft der warm werdenden Pizza zog verführerisch durch den Raum und dieser Geruch rief soeben auch Naomi aus ihrem Zimmer nach unten.

Wenige Augenblicke später saßen sie zu dritt auf dem Sofa, aber Ariana hoffte, dass Richards

Tochter nach der Pizza wieder nach oben gehen würde.

Sie wollte mit Richard alleine sein und kuscheln. War das zu egoistisch von ihr gedacht? Irgendwas tief in ihr sagte, dass der Schmerz in ihr nur durch Streicheln und schmusen kleiner werden würde.

„Warum bleibst du eigentlich nicht bei uns? Ich meine auch am Tage?", fragte Naomi.

„Wegen der Sonne! Ich vertrage sie nicht. Sie verbrennt meine Haut!", erklärte Ariana.

„Aber wenn du im Hause bleibst, dann kann die Sonne dich nicht erreichen!", setzte das Mädchen ihr entgegen.

„Wirklich?", erwiderte Ariana.

„Ja! Wir haben gute Jalousien. Da kommt kein Sonnenschein durch!", erläuterte ihr Richard.

„Ich kann es ja morgen mal probieren", antwortete Ariana vorsichtig.

„Fein", bemerkte Naomi.

Auch Richard schien mit ihrer Antwort mehr als zufrieden zu sein.

Die Pizza kam auf den Tisch und wurde sofort verspeist.

Ariana schaffte fast die Hälfte davon, die sie regelrecht verschlang, so ausgehungert war sie.

Nach dem Essen stieg Naomi wie erhofft auf ihr Zimmer hinauf und Richard erklärte ihr, nachdem er in so einen seltsamen Kasten gesprochen hatte, dass er den ganzen folgenden Tag für sie da sein würde und Zeit hatte.

Das machte es für sie etwas leichter. Neue Küsse und zärtliche Streicheleinheiten wurden ausgetauscht und mit jeder Berührung von Richard wurde der Schmerz etwas kleiner!

„Jetzt duschen!", seufzte Ariana schließlich.

Richard hob sie auf seine Arme und trug sie erneut in das Badezimmer. An seine Brust geschmiegt, genoss sie einfach seine Nähe.

Das tat so gut, er tat ihr gut!

Im Bad angekommen, zog er sie aus, was bei dem Kleid nur einen Augenblick dauerte. Viel länger dauerte es für sie, ihm aus seinen Sachen zu helfen.

Endlich standen sie unter der warmen Dusche und Ariana schloss die Augen. Sie spürte die warmen Strahlen und Richards zärtliche Finger auf sich.

Aus irgendeinem Grund war sie gerade viel empfindlicher. Mag es an den abklingenden schmerzstillenden Hormonen liegen oder an ihrer Sehnsucht nach Richard, jedenfalls überlief sie gerade eine Gänsehaut!

Ein paar Tage zuvor hatte alles in dieser Art begonnen und wo sie zuvor noch gedacht hatte, dass sie nur einfach mit ihm kuscheln wollte, da raste gerade ein viel stärkeres Verlangen durch ihren Unterleib.

Jeder Schmerz war fern! Pures Glück und tiefe Leidenschaft kamen hoch. Überfluteten sie!

Stöhnend stand sie dort und schmiegte sich in Richards Arme, drückte sich an seine breite Brust.

„Willst du heute Nacht wirklich nur kuscheln?", fragte er.

Ihr Stöhnen war ihm wohl aber Antwort genug. Was würde diese Nacht bringen?

Unvermittelt griff Richard zu ihren Hüften und drehte sie so, dass sie mit dem Rücken an der Wand der Duschkabine direkt unter dem Wasserstrahl stand.

Die Fliesen waren kalt, im Gegensatz zum warmen Wasserstrahl und Ariana riss überrascht die Augen auf, als er sie dagegen drückte.

Richard küsste sie und ging sofort vor ihr auf die Knie. Wie bereits einmal hob er ihr Bein auf seine Schulter und küsste ihren jetzt vor Lust pochenden Schoß, den er geöffnet vor sich hatte.

Ariana zuckte kurz zusammen, aber das Gefühl war überwältigend.

Stöhnend warf sie ihren Kopf zurück und spürte, wie Richards Zunge durch ihre Spalte glitt.

Knabbernd, küssen und streichelnd jagte er Schauer des maßlosen Begehrens durch ihren Unterleib.

„Hör bitte nicht auf!", jammerte sie und blickte zu ihm hinab, der im Brausestrahl vor ihr kniete.

Intensiver wurden seine zärtlichen Bemühungen, der Orgasmus traf sie unerwartet und sie drückte sich wimmernd gegen die Fliesen.

Ariana presste seinen Kopf fest auf ihren zuckenden Schoß und Richard hielt sie aufrecht, weil ihre Knie so sehr zitterten.

Das war wirklich irre und das hatte sie jetzt gebraucht!

30. Kapitel

Eine Nacht wie im Himmel

Verzweifelt hatte Richard nach ihr gesucht und schon fast geglaubt, Ariana niemals wiederzusehen, doch gerade lehnte sie zitternd an den Badfliesen und wimmerte in ihrem ersten Orgasmus dieses Abends. Er kniete vor ihr und schmeckte ihr Verlangen, das aus ihrem Schoß lief.

Ihre Scham war feucht, aber nicht vom Wasser der Dusche, sondern von ihrer Lust.

Offenbar hatte sie momentan keinerlei Erwartungen mehr und damit auch keine Blockaden im Kopf.

Richard spielte mit der Zunge in ihrer Spalte, knabberte und leckte über ihre Klitoris und trieb sie damit nur noch weiter.

Ihre Beine zitterten und wenn er sie nicht gehalten hätte, dann wäre sie jetzt wohl einfach an der Wand der Duschkabine herabgerutscht.

„Oh große Göttin, ist das herrlich!", stöhnte Ariana und seufzte auf.

Sie ließ seinen Kopf los, den sie bisher gegen ihren pulsierenden Schoß gedrückt hatte und er erhob sich aus seiner Position.

Vorsichtig stützte er sie. Ein neuer Kuss folgte, bis sie die Plätze tauschten.

Jetzt stand er mit dem Rücken an der Wand und sie kniete vor ihm.

Voller unbändiger Begierde blickte sie zu ihm auf und dann war da wieder diese Art, mit der sie mit ihren Fingerspitzen spielerisch erkundete, wie weit sie gehen konnte.

Die Tage der Ruhe hatten ihm gutgetan und sein Glied stand prall und dick direkt vor ihrer Nase.

Die Zeit der erzwungenen Enthaltsamkeit hatte sich offenbar gelohnt und Ariana leckte sich lüstern über die Lippen, bevor sie diese um seine Eichel schloss.

Ihr Blick lag weiter in seinem Gesicht und er konnte die pure Verzückung darin lesen.

Stöhnend sah er ihr zu, während sie langsam den Kopf vor und zurückbewegte. Mit einer Hand knetete sie seine Hoden und mit der anderen hielt sie ihn am Hintern fest, damit er ihr nicht entkommen würde, aber er wollte hier sowieso nicht fort.

Lange würde er das aber sicher trotzdem nicht aushalten.

Richard blickte zu ihr hinab, sie zu ihm auf und ihre Blicke trafen sich.

Arianas Gesichtsausdruck war jetzt der eines Raubtieres und das trieb seinen Samen auf den Weg. Lechzend griff er ihr mit beiden Händen an den Hinterkopf und zog sie näher zu sich.

Tief war er in ihrem Mund und Ariana würgte kurz, als seine Spitze ihre Kehle erreichte. Im selben Moment ergoss er sich in ihr und er sah sie darüber lächeln.

Stöhnend schoss er ihr seine Ladung in den Mund und jetzt zitterten seine Knie.

Gleichzeitig erkannte er das Frohlocken in ihren Augen und hörte einen kehligen Laut von ihr.

Dann ließ er seine Hände los und Ariana gab ihn frei. Langsam erhob sie sich und küsste ihn.

Nachdem sie fertig geduscht und sich gegenseitig abgetrocknet hatten, wollte er sie erneut auf seine Arme nehmen, doch Ariana griff nach seiner Hand und zog ihn einfach hinter sich her in das Schlafzimmer.

Vor dem Bett stehend küssten sie sich abermals. Es war so herrlich mit ihr und er genoss den Kuss. Seine Finger strichen über ihre Wange und ihren Hals und Ariana drückte sich enger an ihn heran.

Richard löste sich kurz von ihr und fragte: „Willst du wirklich nur kuscheln heute Nacht?"

„Nein! Ich will dich in mir spüren!", flüsterte sie.

Schnell verschloss er die Schlafzimmertür, denn Naomi war ja im Hause!

Als Richard sich erneut zum Bett umdrehte, lag Ariana bereits dort und blickte ihn zwischen ihren gespreizten Schenkeln hindurch fordernd an.

Damit hatte er sein Ziel bereits im Blick.

Richard zwang sich, langsam auf sie zuzugehen, dann legte er sich neben sie und küsste sie erneut.

Streichelnd glitten seine Finger abermals über ihren Leib, tasteten sich von ihrem Hals über ihre Brüste und den Bauch zu ihrem Schoß hinab, der ihn schon wieder feucht erwartete.

Mit leisen Seufzern quittierte Ariana seinen Vorstoß und legte sich zurück, als er zwei Finger in sie schob.

Langsam rieb er sie in ihr und streichelte zusätzlich eine ihrer Brüste.

„Möchtest du es sanft und langsam? Oder hart, tief und schnell!", fragte er und erkannte die Antwort in ihrem Gesicht, bevor sie sagte: „Hart und tief!"

Richard rollte sich auf sie und schob die Spitze seiner Eichel zwischen ihre feuchten Labien.

Nur kurz verharrte er so, bevor er sich bis zum Anschlag tief in sie hinein schob.

Stöhnend bestätigte sie ihm ihr Verlangen, als seine prallen Hoden ihre geschwollenen Labien trafen.

Und Ariana kam ihm fordernd mit dem Becken entgegen.

Augenblicklich erfüllte er ihr den Wunsch. Stoß für Stoß trieb er sie davon und sie lag keuchend unter ihm.

„Das ist so geil!", jammerte sie.

Schließlich zuckte sie zusammen, kam explosiv und warf sich unter ihm hin und her.

Richard spürte, wie sich die ohnehin sehr enge Scheide noch mehr um sein eingeführtes Glied zusammenzog. Das war echt der Wahnsinn und Ariana presste ihn damit regelrecht zum Erguss.

Wimmernd schoss er ihr den Samen in den Leib und brach danach schnaufend über ihr zusammen.

Haut auf Haut lagen sie so ineinander steckend, bis sie beide wieder zur Ruhe gekommen waren.

Sich gegenseitig streichelnd und küssend lagen sie beieinander. Richard zog sie in seinen Arm und hielt sie an sich fest. Es dauerte eine Weile, bis sein erneut sich aufrichtendes Glied verkündete, dass er abermals für Ariana bereit war.

„Jetzt sanft und langsam!", flüsterte sie und hatte ihre Hand schon um seinen Schaft geschlossen.

Streichelnd bereitete sie ihn für sich vor.

Noch vor einer Woche hatte sie nicht gewusst, was Sex war und augenblicklich wusste sie genau, was sie wollte und wie sie es von ihm bekam.

„Komm schon!", hauchte sie und zog sich den Schoß mit zwei Fingern auseinander.

Dieser Einladung konnte er kaum widerstehen! Aber sie hatte es sanft gewollt und so ließ er sich einen Augenblick Zeit.

Richard kniete sich zwischen ihre Schenkel und führte sein Glied zwischen ihre Labien, er bewegte die Eichel auf und ab und glitt dabei durch ihre feuchte Vulva.

„Du quälst mich!", wimmerte sie und versuchte ihm mit dem Becken entgegenzukommen.

Langsam und wie in Zeitlupe schob er sich nach vorn und tauchte in ihre Scheide ein. Genauso langsam glitt er auch aus ihr heraus und blickte auf den feuchten Film, den ihre Lust auf seinem Glied hinterlassen hatte.

Es war ein himmlisches Gefühl, sich in ihr zu reiben.

„Schneller!", forderte sie ihn auf.

Richard legte sich auf sie und jetzt beschleunigte er sein Tempo, bis Ariana erneut ziemlich heftig kam.

Diese Frau war der Wahnsinn und er war froh, dass sie am nächsten Tag bei ihm bleiben würde.

Das Bett würden sie da vermutlich nicht mehr verlassen, außer zum Duschen vielleicht.

31. Kapitel

Dem Paradies so nah

Sie erwachte und brauchte einen Moment, um zu realisieren, dass sie sich nicht in ihrer Höhle am Grunde des Teiches befand, sondern in Richards Armen ruhte.

Er hatte in der Nacht die Jalousien geschlossen und sie befand sich in dem Halbdunkel des Schlafzimmers, das nur durch ein klein wenig Sonnenlicht erhellt wurde, welches durch zwei winzige Schlitze an der Seite fiel.

Es war schon heller Tag draußen, aber hier drin war es dennoch angenehm.

Ariana lag auf der Seite, lang ausgestreckt neben dem nackten Mann und spürte seine Bewegungen, die er im Schlaf machte. Sein breiter Brustkorb hob und senkte sich regelmäßig und ihre Hand lag genau auf der Mitte seiner Brust.

Richards Nähe war wundervoll und gab ihr die Sicherheit in ihrer ungewohnten Situation.

Schnell hatten sich ihre Augen an das Dämmerlicht gewöhnt und sie dachte an diese wundervolle Nacht zurück.

Das war alles wirklich angenehm gewesen und momentan wusste sie, wie sich Sex anfühlen konnte. So hatte sie sich das gewünscht!

Noch enger schob sie sich an Richard heran, um ihn noch intensiver zu fühlen, aber am stärksten hatte sie ihn in dieser Nacht in sich gefühlt.

Die liebevollen Zuwendungen hatten den erlittenen Schmerz vollständig verdrängt. Nur noch pures Glück war in ihr!

Mit einem Seufzer erwachte Richard, strich ihr übers Haar und küsste sie.

„Guten Morgen, mein Liebling!", sagte er.

„Guten Morgen! Es ist so schön bei dir!", antwortete Ariana.

„Naomi ist schon in der Schule! Du hast so schön geschlafen und gar nicht bemerkt, wie ich aufgestanden bin, um sie zu verabschieden", entgegnete Richard.

Arianas Finger strichen bei seiner Erklärung über seine Brust und glitten von dort aus über seinen Bauch nach unten.

Das Verlangen nach seinen Zärtlichkeiten war ebenfalls erwacht!

„Also haben wir das Haus jetzt für uns alleine?", fragte sie und fuhr mit den Fingerspitzen über Richards noch schlaffes Glied, das zusammengeschrumpft auf seinem Oberschenkel lag.

Diese Berührung weckte es allerdings und es begann sich nach oben zu recken.

„Du bist wirklich unersättlich!", bemerkte Richard und lachte leise.

Dem konnte sie nicht widersprechen.

Überraschend griff er zu ihrer Hüfte und rollte Ariana über sich.

Damit lag sie auf seinem Bauch, er nahm ihr Gesicht in seine Hände und küsste sie.

Darauf folgend griff er zu ihren Knien und zog diese zur Seite und zu sich heran.

Einen Moment später packte er kraftvoll ihre Hüften und schob sie daran langsam nach unten.

Es nahm ihr den Atem, als er mit seinem steifen Glied zuerst ihre Scham teilte und danach behutsam in sie glitt.

Ariana richtete sich auf, Richard behielt seine Hände um ihre Hüften und begann, sie daran auf und ab zu bewegen.

Diese Position gefiel ihr ausgesprochen gut und sie genoss die langsamen Bewegungen in sich.

Schließlich wurde er schneller und sie machte mit. Richards Glied schien immer länger zu werden und tiefer in sie zu gleiten.

Sie schloss die Augen und keuchte vor Lust. Das war wirklich eine atemberaubende Stellung.

Es dauerte nicht lang, dann bekam sie erneut einen explosiven Höhepunkt und auch Richard kam zuckend in ihr.

Erschöpft fiel sie auf seine Brust und er streichelte sie erneut.

„Du bist wirklich unglaublich!", hauchte sie.

„Gefällt es dir bei mir?", wollte Richard jetzt wissen.

„Ja!"

„Und der Sex?", fragte er weiter.

„Der ist wirklich wundervoll mit dir, obwohl mir da ja etwas die Vergleichsmöglichkeiten fehlen", entgegnete sie.

Kurz überlegte sie und setzte dann hinzu: „Der Akt selbst war bei dir wie immer ziemlich hart, das davor und danach aber überhaupt nicht, was ich besonders faszinierend daran finde. Du findest für mich genau das richtige Maß zwischen beidem!"

Richard küsste sie erneut und fragte dann: „Wollen wir duschen und danach etwas essen?"

„Ich habe einen ziemlichen Hunger! Lass uns also schnell duschen gehen!", antwortete sie.

Er ließ sie aus seinen Armen und sie eilte zur Tür.

Als sie diese öffnete, schlug ihr das Sonnenlicht entgegen und sie schreckte schreiend zurück.

Sofort war Richard bei ihr, riss sie aus dem Flur zurück und schlug die Tür vor ihr zu.

Es war wohl nur der Schreck gewesen, aber dennoch fragte Richard ziemlich besorgt: „Ist dir was passiert?"

„Nein! Alles gut!", antwortete sie, nachdem sie sich eilig kontrolliert hatte.

„Ich mache schnell draußen dunkel!", erklärte Richard, lief hinaus und kam kurz darauf wieder zurück.

Vorsichtig trat Ariana aus dem Zimmer, doch jetzt waren der Flur ohne Sonne und der Weg zur Dusche für sie damit frei.

Mit schnellen Schritten huschte sie ins Bad und ging unter die Dusche.

Sie wartete einen Moment auf ihn, aber Richard begann derweil bereits mit den Essensvorbereitungen.

Wenig später duftete es verführerisch nach Kaffee. Dieser Duft zog sie auf den Flur und zur Küche hinüber.

Eine Lampe tauchte den ganzen Raum in ein warmes Licht. Gemütlich war es darin.

Richard hatte nur eine Unterhose an und sie setzte sich nackt zu ihm auf einen Stuhl.

Er hatte ein sehr reichhaltiges Frühstück vorbereitet und ihr Magen begann zu knurren, als sie all diese Köstlichkeiten vor sich stehen sah. Zuerst kam allerdings der Kaffee und der schmeckte nach dieser aufregenden Nacht einfach nur göttlich.

„So könnte jeder Tag beginnen!", bemerkte Ariana.

„Ja! Wenn du es willst, dann könnte er das. Du musst nur ja sagen!", entgegnete Richard und schenkte ihr den Kaffeebecher wieder voll.

„Ja! Ich möchte!", antwortete Ariana und nippte an dem himmlischen Getränk.

„Und weißt du auch, wozu solch ein Tisch noch gut ist?", fragte Richard, als sie die leergetrunkene Tasse darauf abstellte.

Seine blitzenden Augen verrieten ihr, dass er darauf keine Antwort von ihr verlangte.

Richard erhob sich von seinem Platz, zog sich die Hose herunter und sein geschwollenes Glied sprang sofort steil nach oben.

Langsam kam er um den Tisch herum, küsste sie auf die Seite ihres Halses und hob sie schließlich an den Hüften von ihrem Stuhl.

Richard legte sie mit dem Rücken auf die Tischplatte und trat vor sie hin.

Ariana öffnete ihre Schenkel, um über ihren Bauch hinweg auf die dunkelrote Spitze seiner Eichel sehen zu können.

„Und wer ist bitte hier unersättlich?", fragte sie und konnte es dennoch kaum erwarten, dass er in sie gleiten würde.

Richard beantwortete ihre Bemerkung mit einem Lächeln, trat ein Stück vor und umfasste ihre Oberschenkel.

Stöhnend nahm sie sein Glied in sich auf.

Das war einfach herrlich.

„Hart und tief!", stöhnte sie.

Und Richard stieß sofort zu.

Ariana musste sich mit den Fingerspitzen an der Tischplatte festhalten, um nicht von seinem Ansturm von dem Möbelstück gefegt zu werden.

Lunara hatte ihr einst vom Paradies erzählt, aber das hier, was Richard gerade auf dem Küchentisch mit ihr machte, das kam ihrer Vorstellung vom Garten Eden schon ziemlich nah.

Adam und Eva, nackt beim Liebesspiel, nur, dass es da wohl keinen Tisch gegeben hatte!

Sie bäumte sich auf und mit einem zittern kam sie. Er ergoss sich kurz darauf in ihr.

Der Himmel war nah!

32. Kapitel

Unter Freunden

&s war früher Nachmittag geworden und Richard lehnte an der Tür des Badezimmers. Er sah Ariana zu, wie sie unter der Dusche stand.

In den letzten Stunden hatten sie sich praktisch an jedem Platz geliebt, der innerhalb des Hauses zu finden gewesen war.

Zumindest im Erdgeschoss, denn die lichtundurchlässigen Rollläden gab es nur hier unten.

„Können wir dann erst mal was essen? Ich habe Hunger?", fragte Ariana, als sie aus der Kabine trat und das Handtuch von ihm entgegennahm.

„Ich gehe schon mal in die Küche!", entgegnete Richard und bekam einen Kuss mit auf den Weg.

Wenig später stand er am Küchentisch, hatte sich eine Schürze über den nackten Leib gezogen und schnitt den Salat klein. Die Schürze war nicht wirklich nötig, um sich vor Schmutz zu schützen, sondern war eher als Schutz gemeint, damit er sich bei Arianas Anblick nicht einen wichtigen Körperteil abschnitt.

Ariana war eine Wahnsinnsfrau. Damals hatte er nach den siebenmal an einem Tag ein paar Tage nicht mehr gekonnt, in den letzten Stunden hatten sie sich unzählige Male leidenschaftlich geliebt und bei dem Gedanke an die Geliebte zuckte gerade erneut sein Glied.

In ein paar Stunden würde Naomi aus dem Hort kommen und damit die wilde ekstatische Orgie aus Lust und Leidenschaft für ein paar Stunden unterbrechen, aber in der Nacht würde es dann sicherlich weitergehen.

Ariana trat zu ihm und strich ihm mit den Fingern über den Rücken. Sie war einfach nackt geblieben und blickte sich um.

„Was kann ich tun?", fragte sie.

„Das Messer gebe ich dir lieber nicht", entgegnete Richard mit einem Lächeln.

„Bei mir heilt alles ziemlich schnell", erwiderte Ariana und hielt ihren Finger hoch, an dem nur noch die Fäden daran erinnerten, dass sie sich einige Tage zuvor tief ins eigene Fleisch geschnitten hatte.

„Du kannst den Teig für das Brot kneten", antwortete Richard und zeigte auf die Schüssel.

Ariana nickte, beugte sich über den Tisch und begann den Brotteig mit Wasser zu vermengen und danach zu kneten.

Ihre Bewegungen dabei raubten ihm fast den Atem und ihr Blick lag immer bei ihm.

Wie eine Raubkatze leckte sie sich erneut die Lippen und ihr Augenaufschlag bewirkte, dass die Schürze bald vorn vom Leib ab stand.

Einer weiteren Aufforderung bedurfte es nicht und wenn der Blick nicht gewesen wäre, dann hätten ihre steif abstehenden Brustwarzen wohl auch alles gesagt.

Ariana war momentan pures Verlangen geworden und ein Raubtier, das sich holte, was es wollte.

Und im Moment wollte sie wohl ihn.

Sie beugte sich weiter nach vorn, schob ihre Beine ein Stück auseinander und wartete in dieser Position auf ihn.

Richard zog die Schürze zur Seite, trat hinter sie und mit einem lauten Stöhnen bestätigte sie sein Eindringen in ihren Schoß.

Gegen die Kante des Tisches gedrückt, mit beiden Händen in ihre Hüften gekrallt, stieß er hart und schnell in ihr zuckendes Fleisch.

Ariana war wirklich unersättlich. Diesmal kam sie schreiend zum Höhepunkt und er fiel erschöpft auf ihren Rücken.

Als das Brot im Ofen war, setzten sie sich mit ihrem Salat an den Tisch und stärkten sich.

„Naomi kommt dann aus der Schule. Ich würde dir heute Abend gern meine Freunde vorstellen. Möchtest du sie kennenlernen?", fragte Richard.

Ariana schien zu überlegen, schließlich nickte sie und er zog das Telefon zu sich.

Schnell waren Simone und Felix eingeladen und auch Frau Müller, die Nachbarin, die gelegentlich auf Naomi aufpasste, sagte sofort zu.

Ein Grillabend unter Freunden würde es werden und damit hatten sie noch einiges dafür vorzubereiten.

Daraufhin begann eine regelrechte Essensschlacht in der Küche, denn sie bewarfen sich gelegentlich mit dem, was sie eigentlich in die Töpfe hätten tun müssen.

Das war ziemlich lustig und es tat gut, Ariana so herzhaft lachen zu hören.

Sie war wirklich eine Traumfrau und er hatte sie in den paar Tagen schon fest in sein Herz geschlossen.

Sie war leidenschaftlich und sexy und trotzdem hatte sie sich diese Neugier eines kleinen Kindes bewahrt.

Diese Mischung war einfach unwiderstehlich.

Nachdem sie die Küche wieder aufgeräumt und gesäubert hatten, gingen sie zusammen unter die Dusche.

Die Grillparty würde erst nach der Abenddämmerung beginnen und daher konnte Ariana dann mit auf die Terrasse kommen.

Bis dahin würde er alleine draußen alles vorbereiten.

Während er den Grill aufbaute und säuberte, saß Ariana in der Stube und wartete auf ihn.

Als Naomi nach Hause gekommen war, setzte sich Ariana zu ihr und sie unterhielten sich, wie er bei seinen Besorgungsbesuchen in der Stube feststellen konnte.

Offensichtlich verstand sich seine Tochter ausgezeichnet mit Ariana und das machte ihn noch mehr froh, denn wenn es der Tochter gut ging, dann würde alles gut werden.

Schlimmer wäre es, wenn sich die beiden nicht hätten ausstehen können.

Pünktlich mit dem Sonnenuntergang erschien Felix mit Gisel und wenig später auch Simone, die eine andere Frau mitbrachte.

Ariana konnte jetzt ebenfalls aus dem Gefängnis des Hauses herauskommen und deckte mit Gisel den Tisch.

Simone stellte ihnen ihre Freundin Ingrid vor und wenig später lag schon das erste Essen auf dem Feuer im Grill, Naomi brachte mit Simones Hilfe ein paar Lampions an und alle fanden sich am Tisch ein.

So viele Jahre hatte es solch ein Treffen nicht mehr gegeben. Früher hatten sie das im Sommer fast jede Woche gehabt, damals, als Eva noch gelebt hatte.

Ein kurzer Moment der Trauer flog bei dieser Erinnerung vorbei, dann riss ihn Arianas Lachen aus dem Nachsinnen.

Das war so schön, dieses herzhaft lachen, alte lustige Geschichten erzählen, feiern mit Freunden und einfach alles andere vergessen.

Alles, bis auf Ariana, die vor ihm saß.

Das Glück schien perfekt zu sein.

Weit nach Mitternacht musste Naomi dann ins Bett und Ariana begleitete die Tochter.

Etwa eine halbe Stunde später erschien Ariana wieder bei ihnen und erzählte, dass sie Naomi wieder etwas von Arielle hatte vorlesen müssen.

Simone verdrehte dabei die Augen und Ingrid lachte darüber.

„Wo sind eigentlich Felix und Gisel?", fragte Simone zur Ablenkung.

„Ich habe gehört, wie Gisel gesagt hat, dass sie mit Felix im Bad ficken wollte. Was meinte sie damit?", fragte Ariana.

Für einen Moment herrschte betretenes Schweigen am Tisch und Frau Müller wurde puterrot.

„Ich erkläre es dir später", lenkte Richard schnell ein. „Jemand noch eine Wurst?", fragte er weiter.

Ingrid kicherte leise.

„Du hast ja schon wieder dasselbe Kleid an", sagte Simone, um das Gespräch wieder in eine andere Richtung zu lenken.

„Ja! Ich habe nur das eine!", entgegnete Ariana und strich über den zum Teil schon fadenscheinigen Stoff des kurzen Sommerkleides.

„Wollen wir morgen mal zusammen ein Kleid für dich kaufen?", konterte Simone.

„Und die Sonne? Ich kann doch am Tage nicht aus dem Hause. Meine Haut verbrennt sonst", antwortete Ariana.

„Da finden wir sicherlich eine Lösung! Wir holen dich morgen früh ab!", ergänzte Ingrid.

Mit köstlichem Wein und leiser Musik klang die Feier dann später langsam aus.

33. Kapitel

Freundinnen helfen sich

$\mathcal{N}$ ach einer ziemlich kurzen, aber dennoch sehr schönen Nacht fuhr Simone mit Ingrid im Auto zu Richards Haus. Unterwegs war Ingrid noch mal kurz in einer Apotheke gewesen, um etwas Sonnenschutzcreme für Ariana zu besorgen.

Es war Samstag und daher mussten sie auch nicht im Büro sein.

In den letzten Tagen hatten sie ihre Schreibtische dort nebeneinander stehen und gelegentlich waren sie am Tage auch gemeinsam mal kurz im Kopierraum verschwunden.

Das Getuschel unter den Kolleginnen hatte sich erst gelegt, als sie mit Ingrid am Tage zuvor beim Frühstück verkündet hatte, dass sie jetzt zusammen waren.

Ingrid hatte zwar noch ihr kleines Zimmer, aber sie lebte inzwischen eigentlich schon bei ihr.

Es fühlte sich gut und richtig an und das war es doch, was zählte. Ob diese Beziehung in dem alltäglichen Wahnsinn Bestand hatte, das würde sich zeigen, aber im Moment war es einfach nur schön und Schmetterlinge sausten immer wieder durch Simones Bauch.

Auch Ingrid hatte, nach ihrer Beschreibung, solch ein Gefühl und das war einfach nur wundervoll.

Simone bremste vor dem Haus und sie betraten die Wohnung.

In der Küche klapperte es und daher gingen sie in den halbdunklen Raum hinüber.

Ariana stand an der Kaffeemaschine und trug eines von Richards Hemden, das ihr nur bis knapp über den Hintern fiel.

„Kann ich dir helfen?", fragte Simone.

„Ja! Das dumme Ding will nicht so richtig!", seufzte Ariana.

Schnell war die Maschine neu bestückt und eingeschaltet.

„Was hast du denn da an?", erkundigte sich Ingrid.

„Richard hat mein Kleid gewaschen und dann nach draußen auf die Leine gehängt. Aber da komme ich ja jetzt nicht mehr heran und nackt wollte ich nicht mit euch mit, wobei ich noch nicht weiß, wie ihr mich nach da draußen bringen wollt", erklärte Ariana.

Ingrid öffnete ihre Handtasche, zog die Cremetube heraus und stellte sie auf dem Tisch ab.

Ariana nahm die Tube in die Hand und fragte: „Was ist das?"

„Das ist eine Sonnenmilch mit dem Lichtschutzfaktor 100. Damit schützen wir deine Haut vor der Sonne!", erklärte die Freundin.

Ariana schraubte die Tube auf und roch daran.

„Zumindest riecht sie nicht schlecht, aber die soll wirklich helfen?", erkundigte sie sich, sichtlich zweifelnd.

„Ganz sicher!", entgegnete Ingrid, obwohl sie das ja nicht wissen konnte.

„Ich hole dein Kleid und Ingrid reibt dich damit ein!", entgegnete Simone.

„Ab ins Bad mit dir!", sagte Ingrid und ging mit Ariana in den Gang.

Simone eilte hinaus und holte das Kleid von der Leine, danach lief sie damit zurück zu den beiden Freundinnen.

Ariana zog gerade das Hemd aus, unter dem sie nackt war.

„Wir müssen dir noch deinen Busch etwas stutzen!", bemerkte Ingrid gerade.

„Welchen Busch?", entgegnete Ariana.

„Den da unten. Wir wollen dir für Richard sexy Unterwäsche kaufen und da stört das etwas!", erklärte Ingrid und zeigte auf das ziemlich üppige Schamhaar auf Arianas Venushügel.

„Was gefällt dir denn daran nicht? Richard findet es toll!", antwortete Ariana und betrachtete im Spiegel ihre Löckchen auf dem Schambein.

„So muss das aussehen!", entgegnete Ingrid und hob kurz ihr Kleid an, damit Ariana sehen konnte, wie Ingrid ihren Tanga trug.

„Das sollte aber nicht der Maßstab sein. Du bist ja unten völlig blank!", erklärte Simone.

„Dann zeigst du es ihr und ich suche mal nach einem Rasierer!", erläuterte Ingrid und schaute sich im Bad um.

Zwei Handgriffe später hatte sie einen von Richards Einwegrasierer in der Hand.

Simone hob jetzt ihr Kleid an und zeigte kurz, was Ingrid meinte.

Ariana nickte verstehen und blickte fragend zu Ingrid, die mit der Klinge vor ihr stand.

„Setzt dich einfach und lass mich mal machen!", forderte Ingrid die Freundin auf.

Ariana sah sich zweifelnd um und Ingrid zeigte auf den Toilettensitz.

Entschlossen drückte Ingrid Ariana darauf nieder und einen Augenblick später schabte der Rasierer über Arianas Schambein.

„Mach nicht alles ab!", forderte Simone die Freundin auf.

Ingrid nickte und arbeitete sich vorsichtig weiter voran. Keine fünf Minuten später war das Ergebnis ziemlich ansehnlich.

„Und jetzt reibe ich dich mit der Sonnenmilch ein!", erläuterte Simone und nahm die Tube.

Ariana zog das Kleid über und Simone rieb den Sonnenschutz auf alle unbedeckten Hautstellen.

„Ich habe dir auch noch ein Paar Schuhe mitgebracht!", sagte Simone schließlich und zog zwei bequeme Turnschuhe aus einem Beutel.

Auch diese wurden argwöhnisch beäugt, aber auf dem aufgeheizten Beton in der Fußgängerzone würde Ariana ohne schützendes Schuhwerk nicht weit kommen.

Nachdem sie diese an den Füßen hatte, näherte sich Ariana vorsichtig der Ausgangstür und fragte, den Griff bereits in der Hand: „Und meine Augen?"

„Nimm die!", antwortete Ingrid und zog ihre teure Designersonnenbrille aus ihren Haaren.

Ariana blickte die Brille an und Simone schob sie ihr auf die Nase.

Ingrid drückte die Tür auf und Ariana setzte zögerlich einen Fuß nach draußen. So stand sie einen Moment, das Bein im hellen Sonnenlicht und wartete auf das Ergebnis dieses Versuches.

„Das tut gar nicht weh!", erklärte Ariana schließlich erfreut und trat vor die Tür.

„Schau nicht direkt in die Sonne!", ermahnte Simone die Freundin.

Ariana nickte und einen Augenblick später saßen sie im Auto und fuhren in die Stadt.

Die Shoppingtour begann und Richard hatte ihnen seine Kreditkarte mitgegeben.

Es war Ariana deutlich anzusehen, dass sie wirklich nicht oft unter Menschen gekommen war. Scheu betrat sie den ersten Laden.

Ingrid begrüßte die Verkäuferin mit ein paar Küsschen und einer herzlichen Umarmung. Ein bisschen eifersüchtig machte Simone das schon, aber Ingrid lachte jeden Zweifel sofort wieder fort.

Augenblicklich gingen alle daran, für Ariana neue Sachen zu finden. Angefangen bei der Unterwäsche und bis hin zur Sonnenbrille und den Schuhen.

Zum Glück gab es das alles in demselben Laden. Zusammen mit der Verkäuferin liefen sie zu dritt durch die Gänge, um die Sachen zu suchen, die Ariana dann in der Umkleidekabine anprobieren konnte.

Ingrid hatte ein paar schöne schwarze Dessous gefunden, die auf Arianas bleicher Haut einfach nur göttlich aussahen.

„Für mich habe ich auch welche gefunden!", flüsterte sie Simone ins Ohr, als Ariana sich in der Unterwäsche vor dem Spiegel drehte.

Das ließ auf einen schönen Abend hoffen.

Die Verkäuferin brachte eine Flasche Sekt und ein paar Gläser für die Wartezeit, bis Ariana alles anprobiert haben würde.

Simone blickte die Freundin an und stieß mit ihr an.

Ingrid saß neben ihr auf dem Sofa vor der Kabine und jeder Schluck wurde mit einem Kuss begonnen.

Es war einfach nur schön! Hier waren ein paar Freundinnen unterwegs und es gefiel Simone ausgezeichnet.

34. Kapitel

Fast ein Mensch!

Ariana drehte sich vor dem Spiegel und dieses Kleid war einfach nur wunderschön. Hinter ihr saßen Simone und Ingrid und nickten zustimmend. Bisher hatte Ariana nur freundliche Menschen getroffen und dennoch fiel ihr Lunaras Warnung gerade wieder ein.

Momentan fühlte sie sich mehr wie ein Mensch und fragte sich, warum sie all die Jahrhunderte zuvor nicht schon einmal den Kontakt gesucht hatte.

Sicherlich gab es auch andersgeartete Menschen, die es eventuell nicht gut mit ihr meinten, aber Richard, Felix, Gisel, Ingrid und Simone waren ihr in der kurzen Zeit bereits ans Herz gewachsen.

Bei der Feier am Abend hatten sie einfach nebeneinander gesessen, zusammen gelacht, leckeren Wein getrunken und geredet.

Sie waren Freunde geworden.

Allerdings hatte der Wein dann dafür gesorgt, dass sie die ganze Nacht durchgeschlafen hatte, obwohl Richard nach seiner Aussage mehrmals vergeblich versucht hatte, sie wach zu bekommen.

Augenblicklich trug sie sogar Unterwäsche, obgleich die etwas kniff. Daran würde sie sich auch noch gewöhnen und Simone hatte ihr geraten, die schöne schwarze und mit Spitze besetzte Wäsche am Abend Richard zu präsentieren.

Gerade rieb das Höschen auf der rasierten Haut und das fühlte sich eigenartig an.

Was der Geliebte wohl dazu meinen würde? Bei dem Gedanken an Richard machte sich wieder dieses warme Gefühl in ihrem Bauch breit. Das war wärmer, als die Sonne, die sie zuvor auf der Straße angestrahlt hatte.

Mit dieser Einreibung konnte sie wirklich am Tage aus dem Hause gehen und brauchte sich keinerlei Gedanken um die heißen Strahlen zu machen.

Dennoch wollte sie ihr Schicksal nicht herausfordern und nur so wenig wie nötig aus dem schützenden Haus unter fremde Menschen gehen.

Mit Unmengen von Tüten traten sie danach auf die Straße zurück.

Ingrid schlug vor, in einem Café noch etwas Kuchen und Kaffee zu sich zu nehmen und bei dem Gedanken an Kaffee und dessen belebende Wirkung, wollte sie der Freundin diese Empfehlung nicht abschlagen.

Nachdem die Tüten im Auto verstaut waren, setzten sie sich an einen Tisch, der unter einem Sonnenschirm am Rande der Straße stand.

Menschen in bunter Kleidung schlenderten an ihnen vorbei und Ariana sah ein Lächeln in fast jedem Gesicht. Sie fühlte sich zugehörig und doch blieb die Angst, zu offenbaren, dass sie anders war.

Abermals dachte sie an Lunaras Worte zurück.

„Was ist eigentlich ein Zoo?", fragte sie deshalb die beiden Freundinnen.

„Möchtest du da hin?", entgegnete Ingrid.

Ariana zuckte bei der Frage leicht zusammen.

„Nur ansehen, nicht dort bleiben!", gab sie der Freundin zurück.

„Natürlich", antwortete Ingrid.

Hatte sie sich damit eventuell schon verraten?

Ingrid lächelte sie an und setzte hinzu: „Wenn du möchtest, dann gehen wir da hin!"

„Ja! Gern! Aber was ist ein Zoo?", entgegnete sie.

„Da leben verschiedene wilde Tiere, damit die Kinder sehen können, wie zum Beispiel ein Hai aussieht, ein Löwe, oder ein Hirsch!", erklärte Simone ihr noch.

Ariana trank den köstlichen Kaffee und blickte versonnen zu den beiden Frauen hinüber. Sicherlich würden die beiden sie nicht dort lassen. Zumindest so lange nicht, wie sie dachten, dass sie ebenfalls ein Mensch wäre.

Somit fuhren sie nach dem Kuchen ein Stück mit dem Auto, bis sie vor einem ziemlich imposanten Tor anhielten.

„Du solltest erst mal deine Sonnenmilch neu auflegen, damit du auch weiterhin vor der Sonne geschützt bist!", erinnerte Simone sie an die kleine Tube.

Schnell cremte sich Ariana auf allen bloßen Hautstellen ein, dann stiegen sie aus.

Gemeinsam schlenderten sie unter dem Tor hindurch und spazierten danach durch den Zoo.

Vor jedem Gehege stand ein Schild mit dem Namen der jeweiligen Tiere darauf und Simone las ihr diese vor.

„Mit Naomi war ich auch schon mal hier. Sie liebt das Aquarium!", erzählte Simone.

Daher ließ sich Ariana darauf ein, auch dieses Haus zu betreten.

Allerlei bunte Meerestiere waren da in Becken und schwammen darin herum. Die Warnung von Lunara war dabei wieder in Arianas Kopf.

Hier wollte sie lieber nicht leben müssen, in Richards Armen schon.

Aber in solch einem Becken? Angestarrt von den Kindern? Das fühlte sich gerade nicht so schön an.

„Ich würde gern wieder gehen!", bemerkte sie.

Ingrid nahm sie beim Arm.

Schnell waren sie wieder draußen und auf dem Weg zurück zum Auto.

„Wollen wir noch bei Richard etwas essen gehen?", fragte Simone beim Einsteigen und diese Frage wurde von allen zustimmend beantwortet.

Ariana konnte es nicht erwarten, den Geliebten wiederzusehen und die anderen beiden trieb die Aussicht auf ein leckeres Essen in das Restaurant.

Auf der Straße jagten sie dem Ziel entgegen.

Noch hatte Ariana den Platz nicht gesehen, an dem Richard arbeitete, aber die Neugierde darauf war groß bei ihr.

Etwas später parkten sie das Fahrzeug vor dem Gebäude und gingen hinein.

Felix begrüßte sie mit einem Küsschen für jede und ging danach in die Küche, um Richard zu holen.

Inzwischen wählten sie alle ihr Mahl. Ingrid und Simone bestellten sich gebratenen Fisch und abermals zuckte Ariana zusammen. Wie konnte man nur ein Tier dazu töten, um es zu essen?

Sie selbst bestellte sich einen Salat und einen leckeren Wein. Dann erschien Richard am Tisch und gab ihr einen Kuss.

„Ein schönes Kleid!", sagte er lobend.

Noch wusste er nicht, was sie darunter trug und sie lächelte insgeheim bei dem Gedanken daran, was er wohl dazu sagen würde. Würde er sich darüber freuen? Sicherlich!

Richard ging und eine Frau brachte das Essen und den Wein.

Sie stießen an und Ariana sah zu, wie die Freundinnen den gebratenen Fisch verspeisten. Zuvor hatten die beiden Frauen im Zoo die Fische bewundert und momentan zerlegten sie diese mit der Gabel!

Menschen eben! Wollte sie da wirklich dazugehören?

Zu Richard schon, aber zu allen anderen?

Oder war Richard genauso? Schließlich kam der Fisch aus seiner Küche!

Nach dem Essen brachte Gisel leckeren Kuchen an den Tisch und eine neue Tasse eines wirklich hervorragenden Kaffees. Er war süß, lecker und mit viel Schaum obendrauf.

„Cappuccino", sagte Gisel dazu, als sie die Tasse vor ihr abstellte.

Irgendwann war Ariana schließlich wieder zu Hause und saß mit Naomi am Tisch in der Stube.

Das Mädchen brachte ihr bei, wie man in einem Buch las. Das war ganz interessant und Ariana konnte schon bald ihren Namen lesen und schreiben, wenn es auch etwas krakelig aussah.

Sie freute sich darauf, es Richard am Abend zeigen zu können.

Nach Einbruch der Dunkelheit brachte sie Naomi in ihr Bett und setzte sich unten auf die Terrasse, um auf Richard zu warten.

Der kühlende Abendwind wehte um das Haus und erst im Kontrast zur warmen Luft des Tages spürte sie derzeitig, wie schön das war.

Mit dem Blick zum gerade aufgehenden Mond versprach sie Lunara, dass sie niemanden erzählen würde, dass sie eine Nixe war, denn zu schön war ihr Zusammenleben mit Richard, als dass sie dafür etwas riskieren würde.

Als Richard dann endlich um die Ecke kam, flog sie in seine Arme und zog ihn hinter sich her.

Jetzt wollte die neue Unterwäsche präsentiert werden und Richards bewundernde Ausrufe sprachen dafür, dass Ingrid genau seinen Geschmack getroffen hatte.

Allerdings war Ariana in Bruchteilen eines Augenblickes auch schon wieder davon befreit.

35. Kapitel

Schwarze Wäsche auf weißer Haut

Jn Ariana hatte Richard seine absolute Traumfrau gefunden, allerdings hatte er das auch von Eva gedacht. Er liebte Ariana und hatte gleichzeitig Angst davor, sich zu sehr zu verlieben. Da war diese unbestimmte Furcht in ihm, die geliebte Frau noch einmal zu verlieren.

Gerade lag sie schlafend neben ihm auf dem Bett und er schaute in ihr entspanntes Gesicht. Er konnte darin lesen, dass auch sie gerade ziemlich glücklich war, aber wie lange hielt dieses Glück?

Oder sollte er die Zweifel einfach zur Seite schieben und das genießen, was er im Augenblick gefunden hatte? Und so lange, wie es hielt?

Das war doch aber eher die Antwort!

Und nicht die Sorge, wie lange es hielt.

„Genieße jeden Atemzug", hatte Ariana am Abend gesagt, nachdem sie ihm von dem Ausflug in die Stadt erzählt hatte. Und bevor sie ihm diese wunderschönen Dessous gezeigt hatte. Die lagen gerade irgendwo vor dem Bett, denn er hatte sich nicht mehr zurückhalten können, nachdem sie das Kleid ausgezogen und ein paar Tanzschritte im Schlafzimmer gemacht hatte.

In der schwarzen Spitzenunterwäsche auf ihrer nackten bleichen Haut hatte sie einfach nur göttlich ausgesehen.

Gerade schlief sie an seine Seite gepresst und schnarchte leise. Es war in etwa dieselbe Tonlage, die Eva immer gehabt hatte. Vielleicht war Ariana für ihn eine zweite Chance und die Tatsache, dass es mit ihr und Naomi so harmonisch abging, bestätigte ihn in seiner Annahme.

Ariana konnte ein neuer Versuch des Glückes werden.

Im roten Licht der Nachttischlampe sah er ihr zu, wie sich ihre Brust bei jedem Atemzug hob und senkte. Wie ihre braunen Locken auf ihrer Brust lagen und bei jeder Bewegung ein Stück verrutschten, mal mehr enthüllten und danach wieder alles verbargen.

Vor ein paar Tagen hatte er in einem Buch ein Bild von Peter Paul Rubens gesehen. „Der Einsiedler und die schlafende Angelica", hieß dieses Bild und Angelica sah darauf fast so aus, wie Ariana gerade aussah.

Sie schlief genauso und er fühlte sich soeben wie jener Einsiedler, der die Frau auf dem Bild anhimmelte. Nur, dass Ariana eben real war und kein Gemälde.

Vorsichtig drückte er seinen Lippen auf ihre Stirn und weckte sie damit.

Sie lächelte milde ob der erfolgten Störung ihres Schlafes.

Sie war wunderschön und ihre großen Augen waren einfach nur tiefe Fenster zu ihrer Seele.

„Ich liebe dich so unsagbar", hauchte er und streichelte ihr Gesicht.

„Ich liebe dich ebenfalls", flüsterte Ariana und ihre Lippen suchten seinen Mund.

Es war ein wunderschöner und zärtlicher Kuss. Gleichzeitig war er fordernd und wild.

Ariana konnte alles sein: Schmusekatze und Raubtier, Göttin und Freundin, verspielt, verführerisch, unschuldig und verrucht. Alle Facetten ihrer Weiblichkeit lebte sie mit voller Hingabe aus.

Und er mochte jede einzelne davon.

Richard zog die geliebte Frau in seinen Arm und sie schmiegte sich an ihn an. Haut auf Haut lagen sie für eine Weile so da. Er hielt sie fest, um sich von der Realität ihrer Gegenwart zu überzeugen.

„Bitte bleibe für immer bei mir!", sagte er und spürte, wie sie nickte.

„Das will ich!", flüsterte sie in sein Ohr.

„Ziehst du noch mal diese schöne Wäsche an, damit ich sie dir wieder ausziehen kann?", fragte er und sah das Lächeln in ihrem Gesicht.

Einen Augenblick später tanzte sie vor dem Bett in lasziven Posen herum.

Das Rotlicht der Lampe störte den Kontrast ein wenig, aber die Wirkung war dennoch durchschlagend und da er nackt war, konnte er dies auch nicht vor ihr verbergen. Und das wollte er ja auch nicht.

Das Raubtier leckte sich erneut gierig die Lippen und tanzte verführerisch weiter.

Richard stöhnte bei diesem Anblick auf. Das war die reinste Qual!

„Komm schon her, damit ich dich davon befreien kann!", stieß er gepresst aus.

„Ich sollte es anlassen, wenn es dich so scharf macht!", entgegnete Ariana und lachte leise.

Gegenwärtig schien es ihr zu gefallen, ihn damit zu quälen.

Unfassbar lange tanzte sie um ihn herum, bevor sie sich erneut zu ihm legte.

„Ich liebe dich, mein Herz und jetzt lass uns miteinander Sex haben!", flüsterte sie und zog ihn über sich.

36. Kapitel

Für immer und ewig?!

Wie an so vielen Sommerabenden seit mehr als sechshundert Jahren saß Ariana abermals am Teich und sah auf die leicht gekräuselte Oberfläche des Gewässers hinaus. Sie lauschte den wohlvertrauten Geräuschen der Frösche und dem Wispern im Schilf, wenn der Abendwind durch das Ried strich. Es war so schön, friedlich und idyllisch hier.

Ariana lehnte sich zurück und legte die Hände auf ihren Bauch.

Lunara hatte ihr erzählt, dass die morgendliche Übelkeit, die sie seit einer Woche verspürte, daher kam, dass sie in sich die nächste Generation der Nixen beherbergte.

Der Kaktus hatte wirklich funktioniert!

Seit mehr als einem Monat lebte sie jetzt schon bei Richard in dessen Haus und es gefiel ihr mit jedem Tage besser unter den Menschen, allerdings hatte sie Lunaras Warnung nicht vergessen.

Niemand durfte von ihrer wahren Identität auch nur den Schimmer einer Ahnung bekommen!

Aus einer Nebelbank löste sich die strahlende Gestalt der Mondgöttin heraus und trat auf Ariana zu. Die Göttin lief übers Wasser und hatte etwas hinter ihrem Rücken verborgen.

„Guten Abend, Lunara!", begrüßte die Nixe ihre Freundin.

Lunara nickte huldvoll und erwiderte ihren Gruß. Schließlich stand sie vor Ariana und die Nixe blickte zu Lunara auf.

„Ich bin so glücklich mit Richard!", sagte sie.

„Bedenkst du aber auch das Ende?", erwiderte die Göttin nachdenklich.

„Ich weiß, dass es nicht für ewig ist, aber es ist wirklich wunderschön. Simone hat mir gesagt, es sei besser, nur einen Tag glücklich zu sein, als es nie versucht zu haben!"

„Da hat deine Freundin sicherlich genau auf den Punkt getroffen. Wer ihr das wohl eingeflüstert hat?", entgegnete Lunara und lächelte milde.

„Was hast du da hinter deinem Rücken versteckt?", erkundigte sich Ariana.

„Einen Freund von dir!", entgegnete die Göttin und zog den Kaktus hervor.

„Den hatte ich doch absichtlich im Teich versenkt!", gab ihr Ariana missmutig zurück.

„Du wirst vielleicht im nächsten Jahr wieder auf seine Dienste zurückgreifen müssen!"

„Aber bis dahin will ich den nicht wiedersehen!", antwortete Ariana trotzig.

„Dann verstecke ich ihn bis dahin!", bemerkte Lunara lächelnd und ließ das stachelige Gewächs verschwinden.

„Was wird werden, wenn Richard mal nicht mehr ist?", fragte Ariana, von den Worten der Mondgöttin nachdenklich geworden.

„Weißt du, mein Kind", begann die Göttin und setzte nach einem Blick über den Teich fort: „Die Liebe ist unendlich und findet immer einen Weg. Manchmal sogar über den Tod hinaus!"

„Wirklich?", antwortete Ariana.

Lunara nickte wissend, denn die Mondgöttin lebte schon seit undenklichen Zeiten.

„Genieße jeden Moment, meine Tochter!", erzählte sie noch, gab Ariana einen Kuss und löste sich auf.

Wenig später hörte Ariana eilige Schritte auf dem Waldweg hinter sich.

Ihr Blick versuchte, die durch den Sichelmond nur leicht erhellte Dunkelheit zu durchdringen. Und die Bank stand auch noch so versteckt, dass sie den nächtlichen Besucher erst unmittelbar vor der Holzbank erkennen konnte.

Doch ihr rasch klopfendes Herz hatte ihr schon verraten, dass es Richard war, der gerade in seinem Restaurant Feierabend gemacht hatte.

„Ariana?", klang die vertraute Stimme durch die Nacht.

„Hier, mein Liebster!", rief sie.

Richard beschleunigte seine Schritte.

Einen Augenblick später schloss er sie in den Arm und wollte sie kaum wieder loslassen.

Seine Wärme und die Geborgenheit, die er ihr gab, die taten so gut. Die jahrhundertelange Einsamkeit lag hinter ihr! Sie zog Richard neben sich auf die Bank, ohne die Umarmung zu lösen.

„Möchtest du noch eine Runde schwimmen?", fragte Richard.

„Ich war schon!", antwortete Ariana.

„Ach, deshalb trägst du keine Unterwäsche!", entgegnete Richard mit einem hörbaren Schmunzeln.

Sie waren sich viel zu nahe, als dass sie ihr Verlangen, welches durch seine Nähe in ihren Körper gefallen war, vor ihm verbergen konnte. Und auch seine beginnende Erregung spürte sie.

„Wir müssen dann zurück nach Hause, um Simone und Ingrid bei Naomi abzulösen!", erklärte Ariana schnell.

„Reicht die Zeit noch für einen Orgasmus?", erkundigte er sich bei ihr.

„Sogar für zwei!", antwortete Ariana und zog sich flugs das Kleid über den Kopf.

In Richards Armen war sie glücklich. Unendlich glücklich!

ENDE

oder noch nicht?

Von Uwe Goeritz im Verlag BoD (Books on Demand, Norderstedt) ebenfalls erschienene Bücher:

„Cecilia im Bann der Liebe"
Die ISBN lautet: 978-3-7392-4583-6
112 Seiten für 6,49 Euro

„Für Immer an deiner Seite"
Die ISBN lautet: 978-3-7412-8407-6
112 Seiten für 6,49 Euro

„Die Liebe ist (k)ein Ponyhof"
Die ISBN lautet: 978-3-7412-7920-1
116 Seiten für 6,49 Euro

„Griechische Küsse"
Die ISBN lautet: 978-3-7448-7274-4
116 Seiten für 6,49 Euro

„Liebe hinter Klostermauern"
Die ISBN lautet: 978-3-7448-8973-5
120 Seiten für 6,49 Euro

„Ein Pflaster für die Seele"
Die ISBN lautet: 978-3-7460-7947-9
112 Seiten für 6,49 Euro

„Das Tor zum Paradies"
Die ISBN lautet: 978-3-7528-5837-2
124 Seiten für 6,49 Euro

„Ein Kater rettet das Weihnachtsfest"
Die ISBN lautet: 978-3-7481-2863-2
236 Seiten für 8,49 Euro

„Aurelia - Geliebter Engel"
Die ISBN lautet: 978-3-7494-5128-9
244 Seiten für 8,49 Euro

„Sieben Nächte im Paradies"
Die ISBN lautet: 978-3-7347-6647-3
244 Seiten für 8,49 Euro

„Drei verrückte Weihnachtswünsche"
Die ISBN lautet: 978-3-7494-8575-8
172 Seiten für 6,49 Euro

„Ein besonderes Praktikum"
Die ISBN lautet: 978-3-7528-4866-3
248 Seiten für 8,49 Euro

„Aurelia – In himmlischer Mission"
Die ISBN lautet: 978-3-7519-1416-1
244 Seiten für 8,49 Euro

„Groupies tragen keine Ringelsöckchen"
Die ISBN lautet: 978-3-7519-8353-2
136 Seiten für 6,49 Euro

„Heiße Küsse im Advent"
Die ISBN lautet: 978-3-7526-1175-5
264 Seiten für 8,49 Euro

„Aurelia - Liebe in teuflischen Tiefen"
Die ISBN lautet: 978-3-7526-4538-5
260 Seiten für 8,49 Euro

„Auf der Suche nach Mister Romeo"
Die ISBN lautet: 978-3-7534-9226-1
160 Seiten für 6,49 Euro

„Ein Winterurlaub der Sinne"
Die ISBN lautet: 978-3-7543-7451-1
252 Seiten für 8,49 Euro

„Aurelia - Im Kampf auf Liebe und Tod"
Die ISBN lautet: 978-3-7557-6151-8
272 Seiten für 8,49 Euro

Aktuelle Informationen und Neuerscheinungen finden
sie immer im Internet unter:

www.Goeritz-Netz.de